京都友禅あだしの染め処

京野菜ごはんと白銀の記憶

柏 てん

目次

人物紹介
三《み》輪《わ》真《ま》澄《すみ》
突然仕事を失った駆け出し料理人。
専門はイタリア料理。
蓮《れん》爾《じ》
京都嵯峨野で
工房をいとなむ友禅作家。
特殊な力を持つ。
カワウソ
表情豊かなあやかし。
やけに真澄に懐く。
イラスト／前田ミック

萌《も》え出《い》づるも　枯るるも同じ　野辺の草　いづれか秋に　逢《あ》はで果つべき

平家物語

プロローグ

どうして分かってくれないんだ。
僕たちは運命なのに。
出会った瞬間に分かった。出会うべくして出会ったのだと。
なのに君はそ知らぬふり。
僕の気を引きたくてそんなことをしているんだね。
もう自分の気持ちに嘘をつく必要はないよ。
邪魔する者は誰もいない。
あの女に邪魔はさせない。
僕たちは運命なんだから。

第一章

朝起きたら、曇り空だった。

低気圧のせいか、頭がずきずきと痛んだ。雨が降りそうな気配。家を出る寸前まで悩み、傘を持たずに家を出た。

すると駅に着く前に電話がかかってきた。スマホの画面には一文字『母』と表示されている。

真澄《ますみ》は道のわきに寄り、ため息をつきながら電話に出た。

『一人でちゃんとやってるの？』

電話の声は、まるで別人のように聞こえた。

「なに、こんな朝から」

『あんたが電話の一つもかけてこないからじゃない！』

大声を出す母親に、少しだけ携帯を耳から離した。

「かけないもなにも、この間話したばっかりでしょうが」

呆《あき》れ声になってしまうのは仕方ないと思う。

実家を出て半年。

女の一人暮らしが、真澄の母は余程心配であるらしい。数えるのも面倒になるくらい、頻繁に電話がかかってくる。

こうして出られる時はいいが、出られないとなると折り返しの電話で責められるのだ。心配してくれるのはありがたいが、正直なところ電話を折り返すのがひどく億劫《おっくう》だった。

「ごめん。これから仕事だから切るよ」

『ちょ…』

タップ一つで、母の声は途切れた。

簡単だ。こんなに簡単なのに、なんだかひどい疲れを感じていた。

他人が見たら、きっと冷たいと思うだろう。

重いため息が出る。ひどいことをしている側なのに、こちらの方がダメージを受けている気がする。

更に追い打ちをかけるように、ぽつぽつと小粒の雨が真澄の頬を打った。

駅まで保《も》つだろうという甘い考えは打ち砕かれ、彼女は泣きそうになりながら走る。

「ろくなことがない」

こんなことで泣きそうになるなんて、二十一歳にもなって情けない。

でも泣きたくなるのは許してほしい。

なにせ料理人を志して上京したというのに、就職した店のオーナーシェフが半年足らずで失踪《しっそう》したのだ。

店は休業、早速家賃が払えなくなってしまった。

母に言った言葉は真っ赤な嘘。

だが無職のままいられるほど、都会は甘くない。電気もガスも水道も、勿論《もちろん》スマホだってお金がかかる。とにかく、一刻も早く仕事を探さなくてはいけない。

えり好みしなければすぐ見つかるのかもしれないが、上京してまで叶《かな》えようとした夢を諦《あきら》めることもできない。

そんな中途半端なままで、母とにこやかに電話なんてできるはずがなかった。

本当のことを言えば、心配されるのは目に見えている。連れ戻されるかもしれない。

冷たい秋雨が本降りになり始めていた。

垂れ込めている雲が、真澄の鬱屈《うっくつ》した気持ちを表しているような気がした。

＊＊＊

数日前まで職場としていたレストランの前で、細身の女性が傘もささず雨に濡《ぬ》れていた。

「由紀《ゆき》さん！」

真澄は慌てて由紀に駆け寄る。

以前の美しい姿からは想像できない程、今の彼女は痩《や》せこけひどく追い詰められた様子だった。

それもそのはずで、椎名《しいな》由紀は失踪したオーナーシェフ椎名正嗣《せいじ》の妻なのである。突然の失踪によって最も被害を被っているのは彼女であり、夫の行方や残された店をどうするのかなど、なにをするにも心労が絶えないことだろう。

「こんなに濡れて！　早く中に入りましょう」

真澄は肩甲骨の浮き出た痛々しい背中を押して、由紀と一緒に店の中に入った。

夫婦二人で開業資金を貯めたのだと、失踪前の椎名はそれは誇らしげに語っていたものだった。

そんな二人の姿に、真澄はいつか自分もこんな風にと憧《あこが》れを抱いた。それも今は、思い返すに辛《つら》い記憶となってしまったが。

休業中の店内はひどく静まり返っていた。荒らされた形跡などまるでない。その気になれば明日《あした》からでも営業を再開することができそうだ。

まるで呆然《ぼうぜん》と立ち尽くしている、真澄や由紀の方が異分子であるかのように思えた。

「今日は冷えますね。暖房付けますから。ええと、確かロッカーに……」

バックヤードにあるロッカーに、使っていなかったミニタオルが置いてあるはずだ。濡れてしまった由紀の体を拭《ふ》くには不十分かもしれないが、何もないよりはいいだろう。

真澄はクリーニング済のコックコートをカウンターに置き、その足でバックヤードに向かった。

元々、今日はロッカーに残した私物を回収するためにここまで来たのだ。そこでまさか由紀と再会するなんて、思ってもみなかった。

ロッカーを開くと、記憶していた通りミニタオルが置かれていた。ハンカチを忘れた時代わりに使おうと思って置いておいたのだ。

真澄が鍵《かぎ》を開けたままホールに戻ると、由紀は身じろぎもせずその場に立ち尽くしていた。

こんな時、一体どうすればいいのだろう。夫の失踪に打ちひしがれた年上の女性を慰める言葉なんて、専門学校を卒業したばかりの小娘には何一つ思い浮かばないのだ。

「こんなものしかなくて……すいません」

恐る恐るミニタオルを差し出すと、由紀はゆっくりと白い手でそれを受け取った。

「うっ、うう～」

こらえきれなくなったのか、彼女はミニタオルに顔を埋めて泣き始めた。

困惑し、とりあえずか細いその背中を撫《な》でる。

そしてこんな献身的な奥さんを残して、どうしていなくなったのかと心の中で椎名を責めた。なにかのっぴきならない理由があったのかもしれないが、せめて一言奥さんに伝えることくらいはできたろうにと。

「……ごめんなさいね」

「そんな。あやまらないでください」

「荷物を取りに来たんでしょ？　私に構わずそっちやっちゃって」

「ですが……」

先ほどまでの由紀の様子を考えれば、彼女が強がっているのは明らかだ。

だが付き合いの浅い真澄が付き添っていたところで、彼女に対してしてあげられることは少ない。

むしろ一人にしてあげるべきなのだろうか。

真澄の脳裏を、一瞬の間に様々な考えが行きかう。

「いいのいいの。むしろ突然やめてもらうことになっちゃってごめんなさいね。正嗣がいないと、どうしても営業は無理だから」

椎名正嗣。店に掲げられた食品衛生責任者の証書にも、その名前が印字されている。

　真澄は由紀の言葉に甘え、本来の目的を果たすことにした。

　ナイロンでできた薄いエコバッグを広げ、ロッカーの中の私物を回収していく。量はそれほど多くない。

　二つ三つ、あると思っていた私物がなくなっている。

　どうにもおっちょこちょいな性質なのか、昔から失《う》せ物が多いのだ。

　こうして用事を終え、なんとなく気まずい思いを引きずりながら真澄は初めての職場に別れを告げた。

＊＊＊

　その後も思ったように仕事は見つからず、落ち込む日々が続いた。

　ある日のこと。昼過ぎまでベッドの中で現実から逃げるようにＳＮＳの海を漂っていたら、一枚の画像に目が止まった。

『この財布可愛すぎん？』

　そんなコメントが添えられた画像には、白い革に鮮やかな幾何学模様が描かれた、二つ折りの財布が写っていた。

よく見ると、模様の中に動物が隠れている。猫だろうか。狸にも見える。

言葉の通り、その財布はとてもかわいかった。

だが、今は財布の新調が許されるような状況ではない。真澄はすぐにアプリを閉じ、今度は動画サイトを見始めた。

ところがしばらく動画を眺めていたものの、どうしても先ほどの財布が頭を離れない。目を閉じると瞼《まぶた》の裏に、財布の影が浮かんでくる。

物に散財するよりどちらかというと食べ物にお金をかける真澄にとって、それはとても珍しいことだった。

口座には就職前にバイトをしてためたお金があり、無理をすれば例の財布を買えないこともないという経済状況も、真澄の迷いに拍車をかけていた。

「どうしよう」

真澄はSNSに戻り、改めて件《くだん》の財布の画像をじっくりと見つめた。

先ほどはスルーしていたが、画像には商品のページがタグ付けされていた。そちらに飛ぶと、シリーズなのか同じ模様の長財布やキーケースなどの画像も出てきた。

「えーと、ADASHINO?」

裏地のヌメ革には金でそう刻印されていた。聞いたことのないブランド名だ。

検索エンジンで調べてみると、京都の友禅作家が革製品のメーカーと組んで制作しているシリーズだということが分かった。

財布の表面に施された色彩には友禅染めが用いられており、手作業のためたくさん作ることはできないようだ。

そのせいかは分からないが、残念なことに革製品メーカーの方のオンラインストアには品切れの文字が並んでいた。在庫は少なく、メーカーの社長の日記によれば、京都にある作家の工房に少しだけ在庫があるかもしれないとのことだった。

財布を買うために京都に行くなんて、失業中の真澄にはできるはずがない。

だが手に入らないとなると、不思議なことにより一層欲しいという気持ちが強くなってきた。

実際最初に見たSNSのページには、財布の販売元を知りたがるコメントが並んでいる。

真澄はそわそわと落ち着かない気持ちになった。

残り少ない工房にある在庫も、このコメントの中の誰かによって買われてしまうかもしれない。

ちなみに、ブランドの詳細はどれだけ調べてもでてこなかった。今時公式サイトもないらしい。さっきもブランドについて調べるために、わざわざ画像を保存して画像検索をかけたほどだ。

更にマップ検索でどうにか場所だけは調べることができたのだが、今度は口コミが一つもない。

本当に販売があるのかも分からないような状況だ。

真澄はどちらかと言えば保守的な性格で、もしほしいものがあったとしてもこのような状況なら間違いなく諦《あきら》めてきた。

少なくとも今まではなら。

ところが何度諦めようと思っても、幾何学模様に隠れる動物の柄が脳裏にちらつく。気晴らしに料理をしていても、気づくと財布の画像を見てしまう。

なにより、大切な就職活動にも身が入らない。

求人サイトを眺めていても、気づくとその画像を開いているのだ。

こんなに物に対して執着したのは、初めてかもしれない。洋服にすら、それほどこだわらない性質だというのに。

こうなってはもうどうしようもない。

真澄は一大決心をした。それは京都に向かい、この財布をどうにか入手しようというものだった。

＊＊＊

心臓が高鳴っていた。

真澄は京都駅に立っていた。

古都というイメージと異なり、新幹線の停まる京都駅は鉄骨の大きな屋根が印象的な近代的な造りだ。

修学旅行で一度来たことがあるはずだが、こんな駅だったという記憶はない。多分友達と話すのに夢中で、周囲を見回す余裕もなかったのだろう。

駅の構内は平日の昼間だというのに沢山の人がひしめき合い、様々な国の言語が聞こえた。

それだけで真澄の故郷とは大違いだ。

目の前の光景を見ていると、この地が地方の一都市だなんて信じられない。千年の都は、今もその活況を続けているのだ。

一方真澄はと言えば、財布のためにここまで来たという事実に高揚していた。

こんな風に思い切って行動したのは上京を決めた時以来だ。

真澄は大きな変化が苦手なのだ。だから上京した時も、自分にはこんなことができたのだなという感慨があった。

それがどうだ。前もって予定を立てていたわけでもなく、予約さえせず新幹線の切符を買ってこんなところまで来てしまった。勿論《もちろん》ホテルもとっていない。

計画性も何もない自分の行動に、思わず笑い出したくなる。やろうと思えば、こんなことだってできてしまうのだ自分は。

こんなに楽しい気持ちになったのはいつぶりだろう。

あとは、目的の財布を手に入れることができれば最高だ。

「さて」

真澄はボストンバッグを持つ手に力を入れた。

京都に来ただけで満足してはいられない。これから件の財布を手掛けている友禅職人の工房に行く。

「ここまで来たら、行くしかない」

口コミも公式サイトもないので、どんなところなのか全く想像がつかない。真澄はなんとなく気難しい老人を思い浮かべつつ、目的地に向かうためJRの山陰《さんいん》本線に乗り換えた。

＊＊＊

真澄は涙目になっていた。

なぜか。それは目的の電車が驚くほど混みあっていたからだ。

東京からきておいてなにをと思われるかもしれないが、真澄が住んでいたのは職場の徒歩圏内のアパートだったので、東京にいる割にほとんど電車を使っていなかったのである。

だから東京で電車に乗る際は、未《いま》だに行先が合っているのか不安で挙動不審になってしまう。なにせ、駅も路線も人も多すぎるのだ。

そんなわけで、田舎出身の真澄は山陰本線の混み具合にすっかり面食らっていた。

そもそも電車の中に、巨大なスーツケースを持ち込む外国人の多いこと。仕方のないことかもしれないが、これでは限られた車内の余白が少なくなってしまうのも無理からぬことだ。

真澄は慣れない満員電車で苦しい思いをしながら、何とか目的地にたどり着いた。

目的の駅は嵯峨嵐山《さがあらしやま》駅だ。観光客に押し出されるようにして電車を降りると、遠くに甲高い汽笛の音が聞こえた気がした。

嵯峨嵐山駅には、トロッコ列車で有名な嵯峨野《さがの》観光鉄道が隣接しているのだ。ディーゼル機関車で動く車両は鮮やかな黄色い色彩にレトロなデザインが施されており、まるで遊園地の乗り物のような見た目をしている。それが七キロの山道を二十五分かけてゆっくりと進むのだ。

沢山の人が趣のあるトロッコ嵯峨駅に歩いていくのを見て、真澄はようやくどうしてこんなに電車が混みあっていたのか得心がいった。

なぜなら駅の向こうに広がる雄大な山々は、紅葉がはじまっていたのだ。つまり京都は秋の観光シーズン真っただ中であり、よりにもよって目的地は紅葉の名所として名高い嵯峨野だったという訳だ。

他にも、有名な観光地としては嵯峨野と嵐山を繋《つな》ぐ渡月橋《とげつきょう》があげられる。橋から仰ぎ見る嵐山連峰はいかにも優美だ。

京都の北西の端っこにあるように思われるこのエリアだが、古くは葛野《かどの》と呼ばれ大いに栄えていた。

五世紀の後半。平安京が開かれるよりも先に、渡来の一族である秦氏《はた》によって川中に堰《せき》が築かれ、灌漑《かんがい》による大規模な農作が行われていたのである。

渡月橋から望む桂川《かつらがわ》には、石を積んだ段差のようなものが見て取れる。葛野《かどの》大堰《おおい》と呼ばれる秦氏の築いた堰の名残だ。なので桂川のこの辺りだけは大堰川《おおいがわ》という異名を持つ。

彼らはこの技術によって巨万の富を手に入れ、ついには奈良にあった都をこの地に誘致するに至った。

嵯峨野はそんな、都の前日譚《たん》を秘めた歴史深い土地なのだ。

さて、そんな嵯峨野に来たとはいえ、真澄の目的は一目ぼれした財布を購入するというその一点にある。

なので観光客が歩道から溢《あふ》れそうになっている府道29号から外れ、名物である竹林を横目に北へ北へと分け入っていく。

辺りの風景は飲食店やお土産屋の並ぶ観光地のそれから、日々の暮らしが感じられる住宅地になり、やがてはそれもまばらになって、耕作された田んぼや畑が現れはじめた。

刈り取りを終えた田んぼが広がる光景は牧歌的で、歩き疲れた真澄に否応《いやおう》なく故郷を思い出させる。

こうしていると、今日の朝まで東京にいたなんてまるで嘘のようだ。本当は上京したことすら夢の出来事で、本当は未だに故郷で日々に迷いながら暮らしているんじゃないか。そんな考えすら浮かんでくる。

「はあ、ろくでもない」

一人で黙々と歩いていると、どうしてもそんなばかばかしい考えが浮かんできてしまう。無職になったのも就職先がなかなか決まらないのも、全ては現実に違いないというのにだ。

そしてこの頃になると、真澄は駅からバスに乗らなかったことを後悔し始めていた。観光都市でもある京都は、それこそ縦横無尽にバスが走っている。料金も安価で、とても利用しやすい。

事実嵯峨嵐山駅で電車を降りた際も、マップアプリには何時のどのバスに乗ればいいかという情報が記載されていた。

それに従わず徒歩を選択したのは、気持ちが急《せ》いていたことと電車の混み具合に辟易《へきえき》し、乗り物に乗るのを躊躇《ちゅうちょ》したからだ。

タクシーに乗る金銭的余裕などないので選択肢は徒歩一択だったわけだが、山に向から道は緩やかな上り坂になっており、それが若い真澄の体力を容赦なく奪っていた。

こうして真澄は疲れ果て、しかし引き返すわけにもいかず半ば意地になって道を進んだ。

だがここで問題が発生した。

事前に調べていた住所に、それらしい建物が見当たらないのだ。あるのは民家のみで、看板の一つ見当たらない。

せっかくここまで来たのに、これでは目的の工房が見つけられそうにない。だが簡単には諦《あきら》めることもできず、真澄はその周辺の道を歩き回った。

何度もマップを起動したからかスマホの電池は残り少なくなり、高い位置にあった太陽もどんどん傾いていく。

そしてようやく目的の工房を見つけた時には、思わずその場にへたり込んでしまいそうになった。

「あったー！」

なのでついつい大きな声が出た。

先ほどまで、見つからなかったらどうしようと泣きそうな気持ちだったのだ。その頃にはすっかり携帯の電池もなくなり、駅へ戻るのも難しい状況になっていた。

工房は一見すると、なんということはない普通の民家に見えた。屋根は瓦葺《かわらぶ》きの純和風建築で、家を囲う生垣は所々に真っ赤な椿の花をつけている。庭にはなぜか土のついたカブが数個、お供え物のように置かれていた。

とても商売をやっているようには見えないのだが、入り口に停められた白いバンには『手描友禅　化野』と書かれていた。

おかげで真澄は、ここが友禅作家の工房であると分かったのだ。

だが見れば見るほど民家にしか見えないので、中に入るのにはかなりの勇気が必要だった。

更に冷静になって考えてみると、友禅作家といえど、違う作家の工房である可能性も否定しきれない。

「これ、なんて読むんだろう。ええと……『ばけの』？」

だが、たとえ違う作家だったとしても、近所なら例のブランドの作家のことを知っているはずだ。

ここまできて諦めるという選択肢は真澄にはない。それどころか、誰かに救いを求めなければ、帰ることさえできない。

呼び鈴を押そうと家に近づきつつ、緊張で頭がおかしくなりそうだった。

もしここが目的の工房だとしたら、自分の一挙手一投足が目的の達成に関わってくる。相手の機嫌を損なってしまったら、せっかく京都まで来たのにあの財布が手に入らなくなってしまうかもしれないのだ。

品切れなどの理由であればまだ諦めもつくが、辿《たど》り着けないとか、店主の機嫌を損ねて買えないなんてことになったら泣くに泣けない。

真澄は漠然と、この工房の主として気難しい老人を思い浮かべていた。

そもそも友禅という響き自体、着物に縁遠い真澄には敷居が高く感じられる。

そうしていつまでも躊躇っていたら、目の前ですりガラスの引き戸がからからと音を立てて開いた。

顔を出したのは、手ぬぐいを頭に巻いた作務衣《さむえ》姿の若い男だった。

＊＊＊

中に招き入れられた真澄は、ちゃぶ台を挟んで男と対峙《たいじ》していた。身長が高く威圧感がある。鼻筋の通った整った顔立ちだが、その顔に甘さはない。口元を固く引き結び、まるで修行僧のような雰囲気だ。

家の中は外から見た印象と変わらず、畳の部屋を襖《ふすま》で仕切った典型的な純日本家屋だった。

話を聞いてもらえればと思ったが、まさか家の中まで招き入れられるとは思わず、真澄は恐縮していた。身の置き場がなく、座布団の上で身を縮こまらせる。

勿論《もちろん》、若い男性のいる家に一人で上がり込むことに、抵抗を覚えなかったわけではない。

だが迷いに迷って疲れ果てた真澄の思考力は、悲しいほどに低下していた。

まるで遭難していたところを助けられたような心地で、目の前の男に感謝の念を抱いていた。

「友禅作家を——？」

玄関先では細かい事情まで説明できなかったので、真澄はこくこくと頷《うなず》いて前のめりになった。

「そうです！　ADASHINOってブランドの財布を探してて っ」

真澄は祈るような気持ちで男の反応を待った。

もし彼が本人であれば、ブランド名を伝えたことですぐに反応があるだろうと思ったのだ。

だが残念なことに、相手の表情は全く変わることがなかった。

「……ご存じないですか？」

藁《わら》にも縋《すが》るような気持ちで問いかける。ここで手がかりが得られなければ、今日中にたどり着くのはもう無理だ。

秋の夕暮れは早い。暗くなる前に京都駅まで戻って、今日泊る場所を探さなければならないだろう。

真澄の問いに、男はしばらく返事をしなかった。

記憶を探っているのか、遠い目をして何かを考えているようだ。真澄はその様子を固唾《かたず》をのんで見守った。

どれくらいそうしていただろうか。

緊張していたせいか、実際の時間よりも長く感じられた。

男は予告もなく立ち上がると、背を向けて部屋から出て行ってしまった。

「へ？」

真澄の口から、思わず気の抜けた声が漏れ出る。

思った以上に肩に力が入っていたらしく、茫然《ぼうぜん》とその大きな背中を見送った。

するとそのタイミングをまるで見計らったかのように、玄関の方からカラカラと引き戸の開く音がした。

「ちょっと蓮爾《れんじ》さん？　鍵《かぎ》もかけんと不用心やないの」

男の名前は、どうやら蓮爾というらしい。

来訪者は玄関の三和土《たたき》から上《あ》がり框《がまち》に上り、そのままとたとたとこちらに近づいてくる足音が聞こえた。

真澄が男を呼び戻す暇《いとま》もなかった。

気づいた時には、玄関から続く襖が開け放たれていた。

「あら、あらあら、蓮爾さんもすみにおけへんなぁ」

咄嗟《とっさ》のことに、真澄は唖然《あぜん》としていた。そこに立っていたのはやけに愛想のいいおばさんだった。手にはなぜかどんぶり鉢がのっている。

にこにことしていて、まるでおかめのような顔だ。少しふくよかで、どこか実家の母を思わせる。

茫然としていた真澄だったが、おばさんの勘違いに気付き慌てて否定した。

黙っていては肯定したことになってしまう。それは蓮爾こと迎え入れてくれた男性にも失礼だ。

ついでに、彼女からも何か情報を得ることができるのではと、真澄はスマホを取り出した。

「あの、そうではなくてですね。私はこの財布を手掛けた友禅作家さんを探していて……」

スマホの画面に例の財布の画像を表示させ、おばさんに見せる。

すると驚いたことに、彼女の顔にすぐさま理解の色が広がった。そして続いて彼女が発した言葉は、真澄にとって実に意外なものだった。

「ちょっとこれ、あんたんとこの出してはる財布やないの」

言葉の意味を理解する前に、襖の開く音がした。見ると蓮爾が戻ってきたところだった。その手には急須《きゅうす》と湯飲みがのったお盆を持っている。

おばさんの言うあんたとは、つまり蓮爾の事である。彼女はADASHINOの作家が蓮爾だと言っているのだ。

先ほどの蓮爾の反応からその可能性を諦《あきら》めていた真澄は、おばさんの言葉に喜びよりも困惑の方が勝った。

蓮爾がすぐにこの事実を教えてくれなかったのはなぜなのか。もしかしたら彼は、真澄の来訪をよく思っていないのかもしれない。

財布を求めてここまで来たというのに、その作者に疎まれているとしたらそんなのは悲しすぎる。

真澄の危惧《きぐ》を知ってか知らずか、蓮爾は居心地が悪そうに湯飲みにお茶を注いでいた。お盆に載っていた湯飲みは二つだったので、彼は自分の分のそれをおばさんに譲っていた。

「もう〜。せっかくファンの子ぉが来てくれたんやないの。それもこんな若い子ぉが！」

おばさんは乱暴に蓮爾の背中を叩《たた》いた。バチンと小気味いい音が鳴る。

「あんた、名前は？　こっちの人やないみたいやけど、どこから来たん？」

もはや会話の主導権は完全におばさんのものである。好奇心で輝くその目に見つめられると、答えなくてはならないという義務感のようなものを感じた。

「ええとその、東京から……」

「東京から！　遠くから来たね。疲れはったんちゃう？」

「いえ。新幹線ですぐでした。でも驚きました。ここに来るまでも凄く人が多くて」

するとおばさんは億劫《おっくう》そうにため息をついた。

「バスも電車もえろう混んではって、よう乗らんわ。タクシーもすぐにはこうへんし。特に今の時期は……」

やはり観光地に暮らしていると、それなりの苦労があるらしい。

さて、すっかりおばさんとの話に終始してしまっているが、真澄にはここまで来た大切な目的がある。蓮爾が目的の作家だと分かったからには、例の財布に在庫はあるのか。そして譲ってもらえるのかを確認しなくてはならない。

いよいよ正念場だ。

「あの！　それでこの財布の在庫は、こちらにまだあるんでしょうか？」

おばさんの言葉を遮ると、部屋の中がしんと静まり返った。

二人の視線が、蓮爾に集中する。

ずっと黙って話を聞いていた蓮爾は、ここにきてようやく重い口を開いた。

「それなんだが……」

そう言って、蓮爾は懐から小さなポーチのような物を出した。

ちゃぶ台の上に置かれたそれは、まさしく画像と同じ柄をした財布だった。だが二つ折りではなく、どうも長財布のようだ。

「うちにあるのは試作品のこれだけだ」

どうやらお茶を取りに行くついでに、試作品を取りに行っていたようだ。言われてみれば、表面の色合いや幾何学模様も、写真で見たそれとは微妙に違っている。

だが微妙に違っていようとも、真澄を強く引き付けていたシリーズであることに間違いはない。それどころか、試作品というこの世に一つしかない物を見ることができて、深い感動が込み上げてきた。

「これです!」

真澄は我を忘れ、前のめりになった。

試作品とは言うものの、その財布に不完全と思われる様子はなかった。仕上がりは丁寧で、でもだからこそ不思議なことが一つだけあった。

「試作品ではカワウソだったんですね」

幾何学模様に隠れている動物が、画像のそれとは違いカワウソになっていた。猫に比べてメジャーではないが、丸みを帯びたシルエットはなんとも可愛らしい。

「カワウソ? どこどこ?」

真澄の言葉に興味を持ったように、おばさんも食い入るように財布を見つめる。確かに動物が隠れていると事前に知らなければ、見つけづらいデザインかもしれない。

「ここです」

そう言って真澄が財布を指さすのと、蓮爾がその長財布を懐に仕舞ったのは殆《ほとん》ど同時だった。

「あ……」

真澄はまるでおもちゃを取り上げられた子供のように、呆気《あっけ》に取られてしまった。

おばさんもご立腹である。

「もう！　もうちょっと見せてくれてもいいやないの」

だが真澄たちの反応などどこ吹く風で、蓮爾は話題を変えた。どうも彼はつかみにくい性格をしているようだ。

「申し訳ないがこの財布を譲ることはできない。試作品で、不完全な代物だ」

それでもいいと喉《のど》まで声が出かかったが、真澄はどうにか堪《こら》えた。

どんな理由であろうと、作り主が売れないというのなら無理強いすることはできない。だいたい、試作品であれば初めから商品とするつもりはないだろう。これからも蓮爾の手の内にあってしかるべきものだ。

「そうですか……」

無念を滲《にじ》ませつつ、真澄は大人しく引き下がる。

遥々《はるばる》京都まできて残念ではあるが、販売できる商品の在庫がないというのなら、それは売り手である蓮爾にもどうしようもないのだろう。

「あー……もう暗くなるが、帰らなくて大丈夫か？」

蓮爾は気まずそうにそう呟《つぶや》いた。

早く帰るように促されているのだろう。直截《ちよくせつ》的な言葉を、少し意外に思った。京都だからといって、誰でもぶぶ漬けを勧めてくるわけではないようだ。

今まで黙っていたおばさんもぱちりと手を叩いた。

「せやね。お嬢さんお宿はどこにとってはるん？　あんまり遅ぉなるとこの辺も物騒やで」

その声音は純粋にこちらを心配しているようだ。

真澄は思わず苦笑した。それは彼らを笑ったのではなく、まだ宿の確保もしていないことを彼らに話すのが気恥ずかしかったからだ。

「いえ、実はまだホテルをとってなくて、これから駅に戻って探そうかと」

呆《あき》れて笑われるだろうかと思いつつそう口にしてみると、その反応は思ってもみないものだった。

「ちょ、本気で言ってはるん？　もう紅葉シーズンやで」

深刻そうに言うおばさんに続き、蓮爾も顔をしかめた。出会ってから初めて彼の表情らしい表情を見たかもしれない。

それはつまり、それほどの事態ということだ。

「え、でも駅前にホテルは沢山ありましたし、さすがに一室くらいは……」

おばさんは真澄をぴしりと指さすと、断言した。

「甘い！」

「うちらも親戚《しんせき》やらが来るたびホテルがとれんって、泣き言言われるんよ。空いてる部屋があったとしても、お嬢ちゃんお金あるん？　ビジネスホテルで一泊二万でも安い方やで」

「に、にま……」

まくし立てられ、真澄は完全に迫力負けしていた。

財布を求めてここまで来たとはいえ、今は休職中の身。一泊二万円は財布に激震である。

「そ、そんな。私どうしたら」

まさかこんな落とし穴があるとは思っていなかった。京都にさえつけば、どうとでもなると思っていた。

今から急いで予約するにしても、スマホの電池は切れている。駅に戻る方法を教えてもらうにしても、京都駅まで戻った頃にはもう夜になっているだろう。

こうなったら二十四時間営業のファミレスなどで夜を過ごすか、或《あ》いは新幹線の切符を買って日帰りするくらいしか方法はないだろうか。

どちらもあまりいい選択肢ではないが、全ては真澄自身の計画性のなさが招いたことだ。背に腹は替えられない。

一方困惑する真澄を見て、蓮爾とおばさんは顔を見合わせていた。

部屋の中に気まずい沈黙が広がる。

二人に気を遣わせてしまったことが申し訳なく、より一層居たたまれない気持ちになる。

「ま、まあ駅まで戻ればどうとでもなりますよ！」

自分を鼓舞するように真澄が声を上げたのと、おばさんが口を開いたのはほとんど同時だった。

「蓮爾さん」

「はい」

「うちが責任持つさかい、この子ここに泊めたって」

「え⁉」

驚いたのは真澄の方だ。

蓮爾は腕組みをして考え込んでいる。

「いえいえ！　そんなご迷惑をおかけするわけにはっ」

「遠慮せんと。大体、今から京都駅に戻るのも難儀やで。この辺りには宿もあらへんし、バス停かて……」

「帰れます！　スマホの充電だけさせていただけたら、どうとでもなりますから」

真澄は必死に訴えた。

駅へ戻るのもホテルを探すのも勿論《もちろん》大変だが、いくら何でも見ず知らずの男性の家に泊めてもらうわけにはいかない。それくらいは、田舎育ちで無防備な真澄でも分別があるつもりだ。

蓮爾だって、嫌にきまっている。どうか反対してくれと縋《すが》るような気持ちでそちらに目をやれば、職人然とした男は腕組みをして考え込んでいた。

ところが、だ。

「わかりました」

真澄の予想に反して、蓮爾はおばさんの提案を受け入れた。

「ここはおばさんの家だから。俺に気兼ねしないでゆっくりしていくといい」

蓮爾の言葉に、真澄は啞然《あぜん》とした。てっきり蓮爾の工房だと思っていたのに、おばさんの家とは一体どういうことなのか。

「ここはうちが貸してんねん。蓮爾さんが住んではるんは隣。うちも隣やさかい、何かあったらすぐにいうてな」

「は、はあ。ですが初対面の方にそこまでしていただくわけには……」

「うちは君枝《きみえ》や。倉持《くらもち》君枝。きみちゃんって呼んでな。こっちはあだしの蓮爾さん。

化けるに野で化野。ご存じの通り友禅作家やな」

「え、化野さんとおっしゃるんですか」

狼狽《ろうばい》する真澄に、蓮爾は訝《いぶか》しげな顔をした。

「そうだが」

こうして呆気にとられている間に、すっかり泊ることが本決まりになってしまったのだった。

「三輪《みわ》真澄と言います。よろしくお願いします」

条件反射のように自己紹介をし、深々とお辞儀する。

そうしている間に蓮爾や君枝は準備を始めてしまい、今更断るような空気ではなくなってしまった。

こうして真澄は、なんと憧《あこが》れの友禅作家の工房で一夜を過ごすことになったのだった。

第二章

なんだかおかしなことになってしまった。

蓮爾に家の中を案内してもらいながら、真澄は本当にこれでいいのだろうかと自分に問いかけ続けていた。

けれど今更京都駅まで戻ったところで、時刻は既に夜だ。宿泊場所の確保は難しいだろう。バスを使って戻るにしても、誰かの助けが必要なことは明白だった。

無計画だからこうなるのだと、実家の母の呆れた顔が目に浮かぶようだ。

「洗面台はここ。あっちは台所だ」

淡々と案内を続ける蓮爾の背中からは、何の感情も窺《うかが》い知ることができない。

彼は自分の工房に見知らぬ他人が泊ることが、嫌ではないのだろうか。

「風呂《ふろ》場にあるものは適当に使ってくれて構わない。ただ……」

「ただ？」

そこまで言いかけて、蓮爾はこちらを振り返る。

「作業部屋にだけは、絶対入らないでくれ」

「作業部屋、ですか？」

「そうだ。この襖《ふすま》の向こうが作業部屋だ。沢山の染料が置いてあるし、制作途中の作品は見られたくない」

蓮爾が顎《あご》をしゃくった方向には、確かに部屋が続いているらしき襖があった。

ここの襖だけ随分と古いらしく、日に焼けて襖絵がほとんど判別できなくなっている。

「勿論です」

好意で泊めてもらうのだ。相手の嫌がることをわざわざするほど、天邪鬼《あまのじやく》な性格ではないつもりだ。

蓮爾はしばらく真澄の様子をうかがうように黙り込んだ後、何事もなかったかのように案内を再開させた。

古いだけあって、広い家だ。だが古くて住む人もいないので、工房として貸していると君枝が言っていた。

家の中の案内が終わり、二人は最初に向かい合っていたちゃぶ台のある居間に戻ってきた。

君枝は家族の世話があると帰ってしまったが、手に持っていたどんぶり鉢は置いていった。中には大豆の煮物が入っていた。そもそもこれをおすそ分けするために、蓮爾を訪ねてきたらしいのだ。

煮込まれた大豆はつやつやとしていて、味が染みておいしそうだ。シンプルな料理に見えるけれど、大豆を水で戻したり軟らかくなるまで煮込んだりと、手間暇がかかっているのが食べずとも見て取れる。

そんなことを考えていたからだろうか。真澄のお腹が、くるるると控えめな音を立てた。

恥ずかしさのあまり、その場から動けなくなる。

そう言えば、工房を探すのに夢中で昼もろくに食べていなかった。最後の食事は、新幹線の中で食べた自作のおにぎりだ。

蓮爾のもの言いたげな視線を感じる。

ホテルもとらず突然押しかけてきたり、お腹を鳴らしたりと、蓮爾にしてみればさぞおかしな女に見えるだろう。

こらえきれず、真澄は顔を覆ってその場にしゃがみ込んでしまった。

恥ずかしすぎて、何もかもが嫌になってしまったのだ。

「お、おい」

蓮爾の動揺したような声が聞こえた。肩に大きな手が置かれる。

「大丈夫か？」

その声から心配されているのが分かり、真澄はどうにか顔を上げた。

気持ちは落ち込んだままだが、体調が悪いわけでもないのにいたずらに心配をかけるわけにはいかない。

「大丈夫です。すいません」

居たたまれない。あまりにも居たたまれなすぎる。

蓮爾は真澄が一目ぼれした財布を作った人だ。この大きな手があんなに繊細で可愛らしい絵柄を生み出すのかと思うと、素直に感心してしまう。

だからこそ真澄の中には少なからず蓮爾を尊敬する気持ちがあり、その人に呆《あき》れられると思うとより一層落ち込んでしまうのだった。

本当なら笑顔でファンですと告げて、さっさと立ち去ればよかったのだ。在庫がないと分かった時に、そうすることもできたはずだ。

けれど実際には、真澄はここにいる。

君枝の押しの強さに負けたというのもあるが、説得されてお世話になった方がいいのではと思ってしまう自分は、結局流されやすい人間なのだろう。

真澄の無事を確認して、蓮爾は小さくため息をついた。

その反応に真澄は小さくショックを受ける。やはり呆れられたのだろうと。

「無事ならいい。しかし困ったな。向こうの家も食材は切らしてるんだ。明日買いに出るつもりだったからな」

「そ、そうなんですか」

「参ったな。さすがに豆の煮物だけじゃ足りんだろう？」

「いえいえ、お気遣いなく……」

蓮爾は腕組みをして考え込んでいる風情だ。

少し気になって、真澄は質問してみた。

「ちなみに、私が来なかったら化野さんはどうなさるおつもりだったんですか？」

「制作中は腹も減らないからな」

蓮爾の言葉は、真澄にとって信じられないものだった。

そもそも、食べることが好きだから料理人を目指した。

成長期を過ぎると目的は誰かにおいしいものを食べてほしいという気持ちにシフトしていったが、職を失った今もその気持ちは変わっていない。

その時ふと、庭先にあったカブのことを思い出した。

「そうだカブ！」

「株？」

突然何を言い出すのかと、蓮爾は胡乱《うろん》げな顔をする。

「お庭にあったカブ。あれ使ってもいいですか？」

真澄の言葉から一拍おいて、ようやくその存在を思い出したのか蓮爾の顔に理解の色が広がった。

「そういえば、貰《もら》い物《もの》のカブが置きっぱなしだったか。別に、好きに使ってくれて構わないが……」

了承を取るが早いか、真澄は素早く立ち上がり玄関に向かった。

外に出ると記憶通り、庭に土と葉がついたままのカブが五つほど揃えて置いてある。

今日収穫したばかりなのだろう。表面を触るとハリがあってみずみずしい。

千枚漬けで有名な聖護院《しょうごいん》かぶらとは違い、カブはカブでも京こかぶという小さなカブだ。収穫時期は聖護院かぶらよりも早く、九月半ばから出回り始める。

しかし小さいと言っても葉っぱまで含めると相応の重さだ。

土を落とし、それでもなかなか持ち上げられずふらふらしていると、後をついてきた蓮爾がカブの茎を纏《まと》めて持ち上げた。

「あ……」

「若いと思って無理をするな。腰をゆわすぞ」

ゆわすとは何だろうかと思いつつ、真澄は重さを感じさせない足取りで戻っていく蓮爾の後に続いた。

＊＊＊

蓮爾は食に興味がないようだが、台所には一通りの器具が揃っていた。

カブをきれいに洗い、茎を少し残して葉と根を切り落とす。皮は繊維に沿って厚めに剝《む》き、身は輪切りに。

コンロに火を入れてフライパンを温めると同時に、鍋《なべ》にお湯を沸かす。

冷蔵庫に固形のコンソメがあったので、厚めに剝いた皮は溶いた卵と一緒にコンソメスープの具にした。

ニンニクを拝借してみじん切りにし、オリーブオイルと一緒に弱火で炒《いた》める。

油に香りが移ったらカブを投入して、両面に焦げ目がつくまでしっかり火を入れ、その後に切った葉を投入して蓋《ふた》をする。

弱火で五分ほど蒸し焼きにしたらカブのステーキと添え物のカブの葉のソテーが完成だ。

大豆の煮物と一緒にステーキとスープのお皿を並べると、それだけで立派な晩御飯の完成だ。

空腹にニンニクの香りが染みる。

「すごいな」

ここまで夢中になっていた真澄は、蓮爾の声でようやく我に返る。

「すいません勝手に。化野さんも食べるかと思って」

ちゃぶ台に並べた料理は二人分だ。カブのステーキにカブの葉ソテー。カブの皮とかき玉スープに、おすそ分けの大豆の煮物。

食器は大家族でも大丈夫なくらい沢山あった。食に興味の薄い蓮爾の物とは考えづらいので、大家である君枝の持ち物なのかもしれない。ありがたく使わせてもらったが、料理とお皿の組み合わせを考えるのも楽しそうだ。

「いただきます」

蓮爾は神妙な顔をして料理を前に手を合わせていた。

感情表現こそ少ないものの、彼の行動は端々に礼儀正しさやいたわりを感じさせた。

きっと優しい人なのだろう。

「どうぞ召し上がれ」

真澄も手を合わせ、カブのフルコースに箸《はし》を伸ばす。

だが今は己の空腹のことよりも、蓮爾の反応の方が気になった。せっかく食べてもらうのだから、どうせならおいしいと思ってもらいたい。

「……うん。うまいな」

めていた。
感心したように呟《つぶや》いた後、蓮爾は箸で挟んだ食べかけのカブステーキをじっと見つ
そのたった一言で、心の奥の奥からこんこんと湧き出る泉のように、喜びがあふれてきた。

職場が休業してからずっと、誰かのために料理を作るなんてしてこなかった。家族からも遠く離れて、自分のために料理を作ることすら不経済という理由でさぼりがちになっていた。

料理が好きという気持ちだけで、わざわざ上京までしたというのにだ。

大勢の人に自分の料理で喜んでほしいから、もっと沢山のお客さんが来るところで働きたいと思ったのがきっかけだったのに。

どうして忘れていたのだろうか。

「どうしたんだ？」

なかなか食べようとしない真澄に気付き、蓮爾が問いかける。

まさか嬉《うれ》しくて泣きそうになっていたなんて、言えるはずもない。真澄はごまかすように咳払《せきばら》いをして、自作の夕食を食べ始めた。

＊＊＊

案外平気なものだな。

樟脳《しょうのう》の香りがする布団に横たわりながら、真澄は思った。

当初の言葉通り、蓮爾は隣にあるという自分の家に帰っていった。つまり真澄はこの家に一人きりだ。

今日だけで、どれだけ初めてのことを経験しただろう。一人で京都に来たのが初めてなら、初対面の人の家に泊るのも初めてだ。

けれど工房として使われている古い家は、なんだか遠い親戚《しんせき》の家に来たようで妙に落ち着く。それに何とも言えない居心地の好《よ》さがあった。蓮爾の性格故か、綺麗《きれい》に片付けられているのも要因の一つかもしれない。

一人でぼんやりと天井の立派な梁《はり》を見上げながら、この恩にどう報いるべきだろうかと真澄は考えていた。

無事に帰ることができたら、君枝と蓮爾には何としてでもお礼がしたい。懐具合的に金銭的なお礼は厳しいが、何か方法はないだろうか。

そんなことを考えながら、真澄は静かな眠りの底に落ちていった。

どうしてこの手から逃げようとする。

この手を取れば、遍《あまね》くすべてが手に入るというのに。

美しい射干玉《ぬばたま》の髪。軽やかに舞う肢体。

歌い踊れ白拍子。千年も万年も。


いつの間に寝入っていたのだろう。真澄は物音に気付き目が覚めた。

——カタ、カタ
スマホを確認すると、時刻は夜中の二時だ。

風の音かと思い、再び寝入ろうとする。

——カタカタ、カタ……ガタッ！

するとより大きな音がして、眠ることができなくなった。

食事を終えた後、蓮爾は確かに自宅に戻っていった。ならば家の中の気配は彼ではない。

或《あ》いは蓮爾か君枝のどちらかが戻ってきたのだろうか。なぜ？

その時真澄の脳裏に、子供の頃に聞いた昔話が思い浮かんだ。

山で迷った貧しい村人が、山奥で見たこともないような大きな屋敷にたどり着く。

屋敷の中には湯気ののぼる料理が用意され、釜《かま》には湯が沸いている。しかし人の姿はどこにもないのである。

そのあまりの不自然な様子に、恐ろしくなって村人は逃げ帰る。

これをマヨヒガと言う。

この家があるのは山中ではないし、しっかり人の姿もあったのに真澄はなぜかその話を思い出してしまった。

――カタカタ、カタカタ。

忘れるなと言いたげに、奇妙な物音が続く。何やら乾いた音だ。

ここまで来ると寝るに寝られず、真澄は布団から這《は》い出した。古い家は隙間風を通すのか布団の外はひどく寒い。

上着を着て、裸足《はだし》のまま足音を忍ばせて歩く。

動物かもしれないし、泥棒の可能性も捨てきれない。真澄は必死に息を潜めて部屋の襖《ふすま》を開けると、寒々とした廊下が闇に沈んでいた。

音はまだ絶えることがない。

壁に触れながら、ひたひたと廊下を進んでいく。寒さのせいか恐ろしさか、体が震えるのを必死に抑え込む。

音のする方へ歩いていくと、間もなく音の発生源に思い当たった。どうして分かったかというと、そうでなければいいと思っていたからだ。

だがその場所に近づくほど、想像通り音は大きくなっていく。気のせいか音のする間隔もどんどん狭まっているようだ。

そしてついに、真澄はその部屋の前にたどり着いた。

――作業部屋。

蓮爾が入るなと言った部屋だ。入るなと言われた部屋を見たくなるなんて、今度は鶴の恩返しか。

先ほどから昔話ばかり思い浮かべてしまうのは、この家が昔話の舞台に相応《ふさわ》しい造りだからかもしれない。

自分の鼓動が、まるで耳元から聞こえてくるようだ。息を殺そうとするほどに、息が上がってしまうのはなぜなのか。

震える指先で、真澄は襖に触れた。日に焼けた襖紙《ふすまがみ》はすっかり草臥《くたび》れている。

ダメだと思いつつ、侵入者や小動物が作業部屋を荒らしていたら、止めなくてはとも思う。

だがそのために、約束を破っていいのか。

真澄は懊悩《おうのう》した。

そして懊悩の末に、決断をした。この決断が、その後の人生を大きく変えてしまうとも知らずに。

鍵《かぎ》もかかっていないのに、襖一枚がとても重く感じられた。

普段から使っているのだろう。一度動き出すと襖の動きは滑らかだった。

そして開けた瞬間に、部屋の中から何かが飛び出てきた。

「きゃっ」

泥棒――ではなかった。そいつは黒く丸い何かだった。

＊＊＊

「それで、どういうことか説明してもらおうか？」

翌朝。

ピチピチと小鳥が鳴いている。

空は高く晴れ渡り、本当に気持ちのいい天気だ。掃き出し窓の向こうには、嵐山連峰が間近に見渡せる。

そんな中、真澄は畳の上に正座して項垂《うなだ》れていた。隣には夜中に飛び出してきた黒い玉――改め茶色い毛皮を持つ細長い生き物の姿があった。

小さな前足。黒目がちなつぶらな瞳《ひとみ》。顔の下半分は白く、どこかとぼけたような顔をしている。

真澄はその生き物の名前を知っていた。

カワウソ。河川に住むイタチ科の哺乳類《ほにゅうるい》だ。近年ではペットとして人気で、動画や写真などで見る機会が増えた。

けれど日本では既に固有種が絶滅しており、間違っても野生のカワウソが迷い込んでくることなどないはずだった。

なにより。

『こざかしい人間め。儂《わし》を封じ込めたつもりかもしれんがそうはいかん！』

なんと人の言葉を話し、蓮爾に向けてふてぶてしい笑みを見せている。これが普通のカワウソであるはずがない。

蓮爾は眉間《みけん》に皺《しわ》をよせため息をついている。

夜中に作業部屋から飛び出してきたカワウソと遭遇した後、真澄は朝まで途方に暮れていた。というのも、このカワウソがやけに懐いて傍を離れなかったからだ。

そして朝になりやってきた蓮爾に発見され、現在に至る。

不思議なことに、蓮爾はこの光景を見て一目で真澄が作業部屋の襖を開けたと分かったようだ。

おそらく、このカワウソを作業部屋に閉じ込めていたのは蓮爾自身なのだろう。

面識があるらしいカワウソの言葉からも、それは窺《うかが》い知れる。

少なくとも真澄の常識では、カワウソは喋《しゃべ》ったりしないし、こんな風に人間らしい感情表現をすることもない。そんな存在を真澄は知らない。

ただ分かるのは、蓮爾がただの友禅作家ではないということだ。

とはいえ約束を破ったのは間違いないので、真澄はこうして項垂れて先ほどから謝罪を続けているのである。

「本当になんとお詫《わ》びしていいか……」

謝る時に殊更口調が改まるのは、職業病かもしれない。料理人というのは人が思う以上に、謝罪する機会の多い仕事だった。

どんなに頑張っていても、ある日突然想像もつかないような難癖をつけられることもある。

店に非がなくとも謝罪するというのは、社会人になって初めて学んだことだ。

勿論《もちろん》、だからといって惰性で謝っているわけではなく、心底申し訳ないと思っていた。見ず知らずの自分をせっかく泊めてくれたのに、こんなことになってしまって蓮爾は後悔しているに違いない。

どうしてあの時襖を開けてしまったのだろう。

物音なんて無視すればよかったのに。それこそ風の音だと思い込むことだってできたはずだ。

でも振り返ってみれば、物音だけを理由にはできない。

どうしようもなく襖の向こう側に心惹《こころひ》かれた。まるでこのカワウソに誘われたかのように。

なので説明しろと言われても難しく、結果として真澄は蓮爾に対し平謝りする他なかった。

蓮爾はもう一度重いため息をついた。

「もう謝らなくていい。だがこうなったからには、あんたを東京に帰すわけにはいかなくなった」

「え⁉」

短い付き合いだが、相手が冗談を言うタイプでないことは分かっている。

なのでそんなことを言われるとは想像すらしておらず、一瞬で頭が真っ白になった。

「そ、それはどういう……？」

「変な想像をするなよ。あんたもそいつに付きまとわれたら困るだろ？」

そう言いながら、蓮爾はカワウソを指さした。

「見ればわかると思うが、そいつは普通のカワウソじゃない。世に言う妖怪《ようかい》ってやつだ」

「妖怪⁉」

驚きのあまり、真澄は正座のままその場から飛びのいた。

真澄の隣にいたカワウソは、不服そうにしている。

『おい！　そんなことを言えばおなごに嫌われてしまうではないか。大体お前の方こそ――』

そこでカワウソの言葉が途切れた。なぜか悔しそうに、口を押さえて地団駄を踏んでいる。なんとも人間じみたカワウソだ。

「信じがたい話だと思うが、妖怪は実在している。俺の生業《なりわい》はそいつらを捕まえて友禅に閉じ込めることだ」

「友禅に閉じ込める？」

真澄が問い返すと、蓮爾は答えずに立ち上がり例の作業部屋に向かった。

付いて行くべきか悩んでいると、間もなく蓮爾が戻ってきた。その手には昨日見せてもらった財布の試作品が握られていた。

「見てみろ」

そう言って差し出された財布は、昨日の通り鮮やかな幾何学模様によって彩られていた。

違いがあるとすれば――。

「カワウソが、いない？」

　真澄は目を疑った。昨日は確かに柄の中に隠れていたカワウソが、今は影も形もないのだ。

　更に財布を受け取って裏表と確かめてみたが、確かに見たはずのカワウソはどこにもいなかった。

『何を言っている。儂ならばここにいるだろう』

　なぜか隣のカワウソが胸を張る。

　唖然《あぜん》としつつ、真澄は蓮爾に財布を返した。

　別の財布である可能性もなくはないが、ハンドメイドの財布には人の手らしい色むらがあった。この財布はそれも含めて、昨日の物と同じもののように見える。

　そもそも、蓮爾がそんな訳の分からない嘘をつく理由がない。

「じゃあ、本当に……？」

　真澄は恐る恐るカワウソを見た。

　可愛らしい見ためをしているが、妖怪と言われると途端に恐ろしく思えてくるから不思議だ。

『わ、儂はおなごには優しいぞ？　れでぃーふぁーすとな乎曽《をそ》だぞ？』

　カワウソが慌てて言い募る。

をそとはなんだろうか。真澄には聞きなれない単語だ。

古く、カワウソは乎曽と呼ばれ、川に住む妖怪だと思われていた。地方によっては、長く生きたカワウソが河童《かっぱ》になるという伝承を残す場所もある。

目の前のカワウソがよたよたと足踏みする様は可愛らしいが、いかんせん言動が胡《う》散臭《さんくさ》い。

「作品に封じ込めた妖怪は、ほとんどの人間は見ることができないんだ。だがあんたは見ることができた。そのことに気が付いて、あの作業部屋に入らないように言ったんだ。あんたには妖怪を視る才能があるらしい」

「は、はあ……」

そんなことを言われても、どう反応していいか分からない。

「妖怪の類《たぐい》は、自分に気付くことのできる人間に執着する。そこのカワウソもそうだ」

蓮爾が顎《あご》をしゃくると、肯定するようにカワウソが何度も頷《うなず》く。

「このまま帰ったら、そこのカワウソはあんたについていくだろう。だから作業部屋に封じておいたんだが」

真澄が作業部屋の襖《ふすま》を開けたため、カワウソが解き放たれたらしい。

昨日受けた注意の理由を知り、真澄は呆気《あっけ》に取られていた。まさかそんな理由があったなんて、夢にも思わなかった。

「じゃ、じゃあ……」

『ずっと一緒だ～』

カワウソが抱き着いてきた。

その毛皮は犬や猫などと違い、水中で暮らす生き物特有の滑らかさがある。

見た目の可愛さに惹かれ、ついつい撫《な》でてしまいそうになった。だがすぐにそれどころではないことに気付き、慌てて手を引っ込めたが。

蓮爾は頭が痛いとでも言いたげにガシガシと髪を掻《か》いている。手ぬぐいの下で縛っていたらしく、男性にしては長めの髪が顎のあたりで揺れていた。

彼は大きな手でカワウソを摘《つ》まみ上げると、真澄から引きはがした。

「とりあえず、これからどうするかについて話すぞ。こいつをもう一度封じ込めるには、いくらか下準備がいる。新しい図案を考えるところからだからな。その間、あんたにはここに滞在してもらうぞ」

「ええ⁉」

どうやら財布を買うための旅は、思った以上に長引きそうだった。

＊＊＊

「おはよう真澄ちゃん」

庭で背筋を伸ばしていたら、君枝に声を掛けられた。

「よう寝れた？　あれから旦那《だんな》に怒られたんよ。女の子をこない古い家に寝かせるんは不用心やーゆうて」

「え？　いえいえとてもありがたかったです」

カワウソのことは言えないので、真澄は素直に礼を述べた。君枝の心遣いがありがたかったのは本当だ。

「大豆の煮物もとってもおいしかったです！　味付けがただの醤油《しょうゆ》とは違う酸味があったような気がしたんですが……」

「あら分かる？　隠し味に梅干し入れてん」

そうして和やかに話していると、君枝が来たことに気付いたのか蓮爾が掃き出し窓を開けて顔を出した。

「倉持さん。ごちそうさまでした」

その手には、昨日の内に洗っておいたどんぶり鉢があった。

「おそまつさんどした。息子がおらへんのに、どうしても作りすぎてしまうんよなぁ。食べてもらえて助かるわ」

「あと、この家にしばらく三輪さん住まわせて大丈夫ですか？」

まるで今日のおかずは何ですかとでもいうように、何でもないことのように蓮爾が言った。

君枝は目を真ん丸にして、蓮爾と真澄を交互に見ている。

「え？　ええ？　そ、それはかまわへんけど、一体何があったん？」

そう尋ねられても、真澄は乾いた笑いを浮かべる他なかった。

まさか妖怪《ようかい》に取《と》り憑《つ》かれたからなどとは言えない。実際真澄の隣では今もカワウソが水道で水浴びをしているのだが、君枝は全くその存在に気付いていないらしいのだ。

――やっぱり見えないんだ。

真澄は思った。

その隙に、用は済んだとばかりに蓮爾は家の中に戻ってしまう。

結局真澄はその後しばらく、君枝から根掘り葉掘り事情を聞かれる羽目になった。

＊＊＊

とりあえず脅されていたりはしていないことと、お世話になって申し訳ない旨をどうにか説明し、真澄は家に戻った。

ひどく疲労感を覚えて時計を見ると。時刻は九時を過ぎていた。

蓮爾の姿はない。どうやら作業部屋にいるらしい。

『やっと二人きりになれたな』

カワウソが言う。見た目はかわいいのに、言動にはセクハラ感があるのはなぜだろう。

その時ふと、真澄は失踪《しっそう》したオーナーシェフの事を思い出していた。由紀の夫である正嗣は、愛想がよくおよそ人当たりのいい人物だった。

失踪こそしたものの、家が荒らされたりなどの痕跡《こんせき》がないため警察には事件性なしと判断された。

由紀は必死に捜索を依頼したが、大人の男性がいなくなった場合は自らの意思による場合が多いというのだ。レストランの経営は順調だったが、開店時に借金をしていたのでそれも蒸発と判断された要因の一つかもしれない。

どちらにしろ、一従業員である真澄には詳しい事情まで知らされていない。

由紀からも何か知らないかと聞かれたが、本当に思い当たることが何もなかった。そもそも、四月に就職してから半年ほどの付き合いだ。仕事中に教わることは多いが、私的な話はあまりしたことがない。そもそも無口な人だったことも、無関係ではないだろう。

結婚していることすら、つい最近になって知ったほどなのだから。

だが悲しみ取り乱す由紀を見て、自分がもっと気を配っていればという後悔が生まれた。

新しく覚えることが多すぎて、料理人として一人前になりたいと願うあまり、周囲に十分に気が配れていなかったのかもしれない。

そんなことを考えていたせいか、真澄は無意識に台所に立っていた。

昨日の言動からも分かるが、蓮爾はあまり食事に興味がないようだ。食材の類は殆《ほとん》どなく、調味料も必要最低限のものしかない。

いまだ実感は湧かないが、ここにしばらく滞在するのならその辺りも揃えたいところだ。勿論《もちろん》洋服の類や、細々としたものも買い揃えるしかないだろう。

滞在するにしても一度東京に戻って、色々持ってきたいという思いは当然ある。部屋の戸締り等はきちんと確認したが、それでもすぐに戻るつもりだったため冷蔵庫の中なども整理していない。足が早いものなら腐ってしまうだろう。

せめてもの救いは、失業中だったことだろうか。急いで戻らなくても、誰かに迷惑を掛けなくて済む。

失業中だったことをよかったと思う日が来るなんて、想像すらしていなかったが。

君枝との会話を経て、ようやくまともに物事を考えられるようになってきた。

そもそも、ここに滞在しろと言う蓮爾の言葉はむちゃくちゃだ。

確かに勝手に作業部屋を開けたのは悪かったが、それでこんなことになるなんて、誰も想像がつかないだろう。

この話を家族にしたら、きっと騙《だま》されているんじゃないかと心配するに違いない。

だが——そう考えて真澄は自分の隣を見下ろした。そこには水浴びを終えて機嫌よさそうにしているカワウソがいる。

蓮爾はこのカワウソが自分についてくると言った。確かに朝からずっと隣にいる。これが東京までついてくるのかと思うと、非常に気が重い。今は人畜無害かもしれないが、蓮爾と離れた後に凶暴化する可能性だってあるのだ。

そうなれば真澄一人ではどう対処していいかも分からないので、強行にここを離れるという選択肢も選べないのだった。

そこまで考えたところで、襖《ふすま》の開く音がした。どうやら蓮爾が作業部屋から出てきたらしい。

思わず作業部屋のある方向に視線を向けるのと、蓮爾が襖を開けてこちらの部屋に入ってくるのはほぼ同時だった。

「あ……」

なにか言ったほうがいいのか悩み、しかしなにも言葉が出てこない。そしてその答えが出る前に、蓮爾が口を開いた。

える。


「暇か？」

「はい」

「それじゃあ――」

蓮爾が何か言う前に、軽やかなスマホの着信音が鳴り響いた。真澄のポケットが震える。

会話の途中なので出るかどうか迷っていると、

「俺は後でいい」

そう言って、蓮爾は去っていった。

申し訳ないと思いつつ、真澄はスマホを取り出し着信ボタンをタップした。

『真澄!? 真澄なの!?』

その声はひどく動転した母親のものだった。あまりの声の大きさに驚いて、思わずスマホを耳から離してしまったほどだ。

ついこの間話したばかりだというのに、また何かあったのかと少し呆《あき》れた気持ちだった。だがそんな考えはすぐに、吹き飛ばされることになる。

「どうしたの？　一体……」

『真澄!? あんた無事なの！』

それは絶叫に近かった。

さすがにこの様子は尋常ではない。

「なにかあったの？」

『なにかもなにも……あんたの部屋の管理人さんから、部屋が火事になってあんたと連絡がつかないって言われて……』

母親の声は涙に濡《ぬ》れていた。

「ええ⁉」

その報《しら》せは真澄にとって、青天《せいてん》の霹靂《へきれき》だった。

＊＊＊

真澄は肩を落とし、座布団の上に座っていた。

茫然《ぼうぜん》としてしまい、何も考えられない。

「それで、管理会社はなんて？」

「……私の行方を捜していたらしいです。私の電話に繋《つな》がらなかったからと」

後から確認してみたら、管理会社からの電話の履歴が残っていた。

昨日は午後から電池が切れていたので、この家の電源を借りてずっと充電していたのだ。そのままカワウソのことでそれどころではなく、電源を入れたのは今朝になってからだった。

それで連絡がつかないということで、実家まで連絡がいってしまったのだろう。母親との電話の後、管理会社に電話して状況を確認した。出火元はいまだ調査中だそうだが、発見が遅れほとんど全焼状態だという。

家に置いてきた家財が一切合切燃えてしまったと思うと、頭が真っ白になって何も考えられなくなってしまう。

未だ現実感がなく、まるで夢の中にいるような心地だ。夢ならば早く醒《さ》めてほしい。何か言おうとするのに、喉《のど》が渇いて言葉が出ない。無理に絞り出そうとすると、乾いた笑いが漏れてきた。

「はは……何にもなくなっちゃいました」

ここまでの頑張りが、何もかも消えてしまった気がした。親元から離れてたった一人で、慣れない都会で必死になって生きてきた日々が、何もかも。

我慢しようと思ったのに、涙が滲《にじ》んで止まらない。

それが零《こぼ》れ落ちないように、私はごしごしと瞼《まぶた》を拭《ぬぐ》った。

『ますみ……』

カワウソが二の腕に手を置く。

その感触を感じた瞬間、真澄は思わず振り払ってしまった。

驚いたようにカワウソは目を丸くしている。

「触らないで！」

そんなつもりはなかったのに、一度口にすると止まらなくなった。

「なんで私なんかについてくるの？」

『え？』

「あなた妖怪《ようかい》なんでしょ？　どうして取《と》り憑《つ》いたりするのよ！　この火事もあなたのせいなんじゃないの⁉」

『…………』

部屋の中は静まり返っていた。

カワウソどころか、一緒にいるはずの蓮爾も何も言わない。

荒くなった息を整えながら、真澄は熱くなった頭の芯《しん》が少しだけ冷えたのを感じた。

我慢していた鬱憤《うっぷん》を、一気に吐き出したからかもしれなかった。

カワウソはそれはそれは悲しげな、なんとも言えない顔をしている。

相手は化けて人を騙す妖怪だ。悲しげな顔をしているからと言って反省しているとは限らない。

真澄はそう自分に言い聞かせた。

カワウソはとてとてと、背中を向けて部屋を出て行った。

真澄は止めなかったし、蓮爾も目の前の出来事に何か口を挟んだりはしなかった。蓮爾と二人で残された部屋が、しんと静まり返る。

「気は済んだか？」

その低い声音に、真澄はびくりと肩を震わせた。

「だが。今は去ったように見えても、安心しない方がいい。一度狙った人間を奴らは簡単に諦《あきら》めたりしない」

その言葉は冷淡で、蓮爾の目には暗い光が宿っていた。

もっともそう見えたのは、真澄の気のせいだったかもしれない。だが確かに、今までに感じたこともない空恐ろしさを覚えたのだった。

＊＊＊

蓮爾の用件は、ひとまず必要なものの買い出しにでようというものだった。

その言葉に甘え、真澄は蓮爾のバンに乗りこんだ。たどり着いたのは近代的なショッピングモールだった。

正直なところ、真澄の故郷よりも圧倒的に現代的だと言えるだろう。

「どうした？」

車から降りて、立ち尽くす真澄に向かって蓮爾は言った。

「いや、なんだか京都のイメージと違うなと思って」

「どんなイメージかは知らないが、京都に住んでる連中がいつも着物を着て和食を食べてるわけじゃない。コーヒーとパンは日本でも有数の消費地だしな」

蓮爾はどこか皮肉気に言った。

初対面の時は物静かな印象だったが、一晩泊めてもらった後はなんとなく皮肉気な印象を受ける。

真澄がカワウソを解き放ったことに対して怒っているのかとも思ったが、会話をしているとむしろすべてに対して斜に構えているように思われるのだ。

もしかしたら、こちらが彼の素なのかもしれない。

けれど仕事の手を止めてまで買い物に付き合ってくれているのもまた、彼なのだ。

その優しさを偽物だとは思わない。

その時、真澄はあることに気が付いた。

それは蓮爾の言い方が、まるで京都に住む人間ではなく部外者のように感じられたことだ。

考えてみれば、方言も関西のそれとは違っている。

「あれ、化野さんってこちらの出身じゃないんですか？」

蓮爾は真澄を一瞥《いちべつ》すると、すぐに視線を逸《そ》らした。

「蓮爾でいい。その苗字《みょうじ》は好きじゃない」

答えたくないことなのかもしれないと、真澄はそれ以上尋ねなかった。誰にでも聞かれたくないことはあるだろうと思ったのだ。

それから蓮爾に付き合ってもらい、最低限の着替えと日用品。それに食料品を買い込んだ。

無職の身にはかなり痛い出費だ。

「あの、カワウソに取り憑かれていても仕事はできますか？」

働かなければ、貯金も早晩に尽きてしまう。仕事探しは真澄にとって急務だった。

帰りの車の中で、銀行の残高を思い浮かべながら尋ねる。

妖怪に取り憑かれることも恐ろしいが、実家から独立した身で生活が立ち行かなくなることの方が今は恐ろしい。

曲がり角でウィンカーを出しながら、蓮爾は言った。

「それなら、俺の仕事を手伝えばいい」

「仕事を？」

蓮爾の仕事は友禅作家だが、その手伝いと言われても想像がつかなかった。専門性の高い技術職なので、素人が手伝うのは難しいように感じられるのだが。

「それは、私にできるでしょうか？」

「適当に料理を作ってくれればいい」

「そんなことでいいんですか？　住まわせていただくんですから、お金をいただかなくてもそれくらい――」

そこまで言ったところで、蓮爾は真澄の言葉を遮った。

「カブだけでメシを作るなんて、俺には無理だ。だからそんなことなんて言うな」

思わぬ言葉に、真澄は口を噤《つぐ》む。

「お前の料理は立派な技能だ。俺は金を払うに値すると思うし、やってもらえると助かる。もちろん、外で働きたいのなら止めない。カワウソもそうそう他人には見えないから問題ないと思う」

「そ……うですか」

なんとなく気恥ずかしくて、真澄はすぐに返事をすることができなかった。

「あとな」

信号が青に変わり、車が動き出す。

「カワウソに、家を火事にしたりするような力はない。あれは良くも悪くも、力の弱い妖怪だからな」

何気ない言葉に、真澄の顔色が変わる。

「あだし……蓮爾さんは、彼らを嫌っていると思ってました」

だからカワウソを庇《かば》うようなことを言うなんて、思わなかったのだ。車内に気まずい沈黙が落ちる。せっかく料理を褒めてもらったのに、こんな雰囲気になってしまったのは残念だ。

十分に間をおいて、蓮爾が口を開いた。

「どうだろうな。やつらを好き嫌いで考えたことはない。依頼があれば封じる。それだけだ」

「依頼？　一体誰が」

「被害者の場合もあるが、例の財布に関しては好事家だな。まあ、おいおい説明してやる」

蓮爾は何かと謎が多い。

もっと詳しく知りたいような、けれど知ってしまえば戻れなくなるような、そんな気がしてそれ以上追及することはできなかった。

＊＊＊

家について荷物を降ろしていると、カワウソが近づいてきた。

離れていったと思ったが、やはり取り憑いている状態は継続らしい。

カワウソは短い足を使って、とてとてと二本足で真澄の後ろをついてきた。そのいじらしさに、思わず中身は女好きのおっさんであることを忘れそうになる。

真澄は気まずい思いを味わっていた。

蓮爾の言葉を聞いた今なら、カワウソと火事が関係ないと分かる。

なにより、あの時言ってしまった言葉が八つ当たりだということは、誰よりも自分自身が一番よく分かっているのだ。

いくらカワウソを憎んだって、火事がなかったことにはならない。それはただの自分の不運で、そんな何もかも他人のせいにするような人間にはなりたくないと思った。

意を決して、立ち止まる。

振り返ると、カワウソが不安そうな目でこちらを見ていた。

黙っておどおどしているその様子は、怒られて怯《おび》えている子供とそっくりだ。

それを見たらより一層、自分のしたことが子供っぽく思えてしまった。

「ごめんなさい！」

勢い良く頭を下げる。相手が妖怪《ようかい》でも何でも、間違ったことをしたなら謝るべきだろう。

『うえ!?』

カワウソが驚きの声を上げた。

「あなたに取《と》り憑《つ》かれることを良しとしたわけじゃないけど、それでも今朝は言い過ぎだった。あなたは悪いことなんて何もしてないのに」

目の前の獣は、不思議そうに眼をぱちくりと瞬《しばた》かせている。

『そ、そんな……』

困ったような声音で言うカワウソに、真澄は顔を上げた。

感極まったような顔で、カワウソは言った。

『人間に、そんなことを言われたのは初めてだ……』

その呟《つぶや》きにどんな感情が込められているのか、真澄には分からなかった。ただカワウソは俯《うつむ》いて、四《よ》つん這《ば》いになり逃げだした。

どこへ行くのかと目で追っていると、驚いたことにカワウソはちゃぶ台に置きっぱなしになっていた例の財布に飛び込んだではないか。

慌てて駆け寄り財布を手に取ると、幾何学模様の中にカワウソの模様が戻っていた。

それどころか、最初に見た時と違い顔が見れないとばかりにカワウソは後ろを向いている。

作品に妖怪を閉じ込めるという蓮爾の話は、果たして本当だったのだ。疑っていたわけではないが、目の前でこんな光景を見せられたらもう疑いの余地はない。

財布の表面を撫《な》でながら、真澄は呟く

「怒らせてしまったのでしょうか？」

成り行きを見ていた蓮爾に聞いてみると、彼は呆《あき》れたような顔をしていた。

「放っておけ。考えるだけ無駄だ」

彼はどうでもよさそうに、荷物を台所に運んで行ってしまった。それを手伝うため、真澄は慌てて後を追ったのだった。

＊＊＊

冷蔵庫に食材を入れ、戸棚には調味料を並べる。

昨夜はカブだけでどうにかしたが、食材が増えるとレパートリーが増えるので、食材を吟味している時間は純粋に楽しかった。

ちなみに二人分なので、食材は大変な量だ。これだけの量を一人で運び込むのは難しかっただろう。

自分の食事のために料理する時は一人分なので、制限が多かった。

お店では自分の好きな物を作るという訳にはいかなかったし、そう考えると蓮爾の食事を作るという仕事は存外楽しい。

朝ごはんも食べていなかったので、真澄は早速昼食の準備を始めた。お腹は既にぺこぺこだ。

紙の包みを開いて、真澄はメインの食材を取り出す。

魚屋でウロコを取ってもらったチダイだ。

チダイはマダイよりも一回り程小さく、価格も控えめだ。だが味はマダイにも引けを取らない。

真澄はこの魚を丸ごと使って、アクアパッツァを作るつもりだった。イタリア語で狂った水を意味するこの料理は、ナポリの漁師が海水を加えて煮た漁師飯が起源だという。

右に頭が来るようにまな板にチダイを置き、えらぶたを開いて包丁を入れてあごの関節を外す。

次に包丁を寝かせてお腹を開き、えらと内臓を取り除いて流水で血合いをしっかりと洗う。

丹後《たんご》の海で水揚げされたというチダイは、新鮮で身がぷりぷりとしていた。

火を入れてしまうのはもったいない気もしたが、水分の多い魚なので刺身には合わない。

そもそも真澄の専門はイタリア料理なのだ。見習いのまま無職になってしまったけれど。

フライパンでオリーブオイルとニンニクを温め、その間にトマト、ピーマン、マッシュルームと昨日の残りのカブを食べやすい大きさに切る。

「うーん、いい匂い」

温まったニンニクから、食欲を誘う香りが漂う。

そうして十分にフライパンが温まったら、キッチンペーパーで水気を切ったチダイをフライパンに入れて、表面に焼き目をつける。

チダイをひっくり返して火が通ったら、ワインの代わりに蓮爾の飲みかけらしい日本酒を入れる。

十分に熱してアルコールを飛ばし、水と先ほど切った食材を加え、蓋《ふた》をして蒸し焼きにしたらチダイを使った和風アクアパッツァの完成だ。

スープがおいしいこの料理には、付け合わせにパンが欲しいところ。

そのつもりで最初から、モールに入っていたパン屋のパンを買ってきていた。

日本のパン屋には珍しくハード系のパンが充実していたので、お店オリジナルだという花の形をしたフランスパンを買ってみた。

リベイクしたいところだがこの家にはオーブンがないので、魚焼きグリルで軽く火を入れる。

そうして料理に夢中になっていたら、いつの間にかカワウソが財布から出てきていた。隠れているが、興味が抑えきれないらしく頭はほとんど物陰から出てしまっている。

その姿を見たら、最初に感じた恐ろしさなどすべて吹き飛んでしまった。

「気になるの？」

声をかけると、気まずそうにカワウソが物陰から出てきた。

カワウソは真澄の傍まで来ると、腰に手を当てて胸を反らせて言った。

『そ、そのメシをくれるなら許してやっても……いい、ぞ』

最初こそ威勢が良かったものの、言い終わる頃にはすっかり声が小さくなっていたが。どうやらカワウソなりに、真澄に対して気まずさを覚えているらしい。

「ふふっ」

気づくと笑っていた。

火事の知らせを聞いてずっと萎《しぼ》んでいた心が、ようやく少しだけ元気になれた気がした。

『な、なにがおかしい！』

「ごめ、ははは」

カワウソが怒っている様子すら、人間臭くておかしく思えた。

悪いと思いつつ、笑いが止まらなくなってしまう。

料理に集中したこともまた、無関係ではないだろう。頭がからっぽになって、一時《いっとき》でも鬱屈《うっくつ》を忘れることができた。

『笑うな！』

「ご、ごめん。ふふ」

『儂《わし》は本気で言っているのだぞ！』

「ごめんってば」

それからしばらくの間、台所には笑い声が響いていた。

第三章

火事の知らせから数日が経った。

真澄は少しずつ、工房に暮らし蓮爾の食事を作る新しい生活に慣れ始めていた。

自宅が火事になるという衝撃的な出来事の後にこれほど落ち着いていられるのは、現場を見ていないせいだろう。どうしても現実感が湧かない。

本当は手続きのため東京に戻らなければならないのだろうが、警察の現場検証が終わったら連絡するので、それまで待機と言われてしまった。

カワウソとの仲も、今は小康状態を保っている。完全にわだかまりがなくなったわけではないが、カワウソは蓮爾と一緒になって真澄の料理を食べている。

おいしそうに食べている様子を見ていると、あれほど厭《いと》わしかった獣が今は愛らしく思えるから不思議だ。

ちなみに蓮爾に確認したが、本物の動物ではなく妖怪《ようかい》なので、なにを食べても問題はないのだという。

カワウソがその小さな手で箸《はし》を持って食事をしている様子は、本当にただの動物ではないのだなと再認識させられる。

目の前の出来事なのに、まるでCGアニメーションのようだ。

それはそんな呑気《のんき》な朝食の最中《さなか》の出来事だった。

「ごめんくださいー」

玄関の方から、間延びした声が聞こえた。朝から来客らしい。

「どなたでしょうか？」

蓮爾の顔を見たが、彼にも心当たりがないようだ。

箸を止めた蓮爾は、立ち上がると玄関に向かった。興味が抑えきれず、真澄もその後をこっそり付いて行く。

ちなみに、カワウソだけはご飯に夢中でその場を動くことはなかった。

すりガラスになっている玄関の向こうには、トレンチコートを着た壮年の男性と、幾分若いスーツ姿の男性の姿があった。

壮年の男性は温和そうだが、若い方は口を引き結び厳しい表情を隠そうともしない。

三和土《たたき》に降りた蓮爾が玄関を開けると、年長の男性がぺこりと頭を下げた。

「朝早くから申し訳ない。我々はこういうものです」

彼は二つ折りの手帳を取り出すと、いきなりそれを開いて見せた。

そこにはブルーバックの畏《かしこ》まった顔写真と、POLICE と彫られた金のエンブレムが輝いていた。

＊＊＊

お茶を出そうとしたら、手が震えて湯飲みがちゃぶ台とぶつかりカタカタと音を立てた。

「あまりお気になさらず。形式的なものですので」

そうは言うが、若い方の刑事は先ほどからじろじろと観察するように、真澄を見つめてくる。

役割分担がされているのか、先ほどから喋《しゃべ》っているのは壮年の刑事ばかりだ。

居間で食事をしていた蓮爾は、そのままの流れでこの場に残ってくれている。たとえ偶然だったとしても、彼の存在は真澄にとって心強かった。

それに真澄の動揺を敏感に感じ取ったのか、カワウソはまるで真澄を支えるように背中に手を添えていた。来訪者を警戒して真澄の陰に隠れているだけかもしれないが。

彼らは私から住所と氏名を聞きだして本人確認をした後、いよいよ詳しい聞き取り調査に入った。

「三輪さんは、いつからこちらに？」

「十月二十日からです」

「ちょうど火事のあった日ですね」

母親からの電話で火事を知らされたのは、二十一日の朝だ。二十日の午後は携帯の電池が切れていたので、報《しら》せようにも連絡がつかなかったのだろう。

「二十日の朝早くに東京を出て、道に迷ってしまったので夕方近くにこちらにつきました」

「こちらにはどういう用件で？」

「友禅のお財布がほしくて……」

「財布というと？」

「こちらの化野さんは友禅作家をなさっていて、その作品がどうしても欲しくて押しかけたんです」

「それは、お店などでは買えないのですか？」

「オンラインショップで売り切れていたので……」

改めて口にしてみると、自分の行動のむちゃくちゃさが分かる。

「化野さん。変わった苗字《みょうじ》ですね。こちらはご本名で？」

「いや……」

質問の矛先が、蓮爾に移った。

自分が来たせいでこんなことに巻き込んでしまって、本当に申し訳ない。真澄はなんとも居たたまれない気持ちでその会話を聞いていた。

「本名をお伺いしても？」

蓮爾はちらりと真澄を窺《うかが》い、それから刑事に視線を戻した。

「あんたたちならいくらでも調べられるだろう」

真澄には知られたくないということかもしれない。仕方のないことではあるが、このやりとりを見ているのはなんとも辛《つら》かった。

「はは、手厳しいですな。しかしそれでは、三輪さんは客としてここを訪れ、こちらに滞在しているということですか？　私は詳しくはないんですが、民泊というやつですか？」

これ以上蓮爾に答えさせるのは余りにも申し訳ない。真澄はついつい話に割って入る。

「ホテルを取っていなかったので、ご厚意で泊めていただいたんです。帰りが遅くなってしまったので……」

君枝に引き留められた時は困惑したが、そのおかげで火事に遭遇せずに済んだのだから彼女には感謝してもしきれない。

真澄の話は刑事の興味を引いたようだ。彼は細い目を小さく見開いた。

「それでは、二十日に知り合ってそのまま個人宅に泊ったと？」

なんだか嫌な言い方だ。真澄は思った。

「厳密には、ここは俺が借りている工房だ。隣に住んでいる家主が決めたんだから、俺が反対するようなことじゃない」

困ったように、刑事は持っていたペンでごま塩頭を掻《か》いた。

「家主が決めたと言ってもですねぇ。賃借物件だとすると、こちらには化野さんの私物があるわけでしょ？　よく許可しましたねぇ」

それは確かにそうだ。実際、真澄は蓮爾の言いつけを守らず作業部屋を開けてしまった。

なんとか冷静に話せているはずだ。

すると刑事は、会話の矛先を蓮爾へと向けた。

「お二人は、以前からお知り合いだったのですか？」

「いや」

「ほう。では単なる客と店主に過ぎないと？　女性が男性の家に泊るというのは、親密な仲だと思われても仕方ないのでは？」

『ネチネチとうるさい人間だな！』

カワウソはご立腹だった。

正直に言おう。カワウソが背中にその小さな手を添えていなかったら、きっと真澄はとっくに心が折れていただろう。

「あの、さっきからなんなんですか？　刑事さんは火事についての話を聞きにいらしたんですよね？　なのにさっきから火事に関係ない話ばかりじゃないですかっ」

悔しかった。

家財道具が全部燃えて、どうしようもなくて蓮爾や君枝の親切に縋《すが》っている身なのに、今度はそのせいで彼らに迷惑をかけてしまっている。

どうして自分がこんな目に遭わなければいけないのかと、真澄は己の不運を呪った。

刑事は困ったような笑みを浮かべた。

「いやあ申し訳ない。これも仕事でして」

まるでドラマの中の出来事のようだ。

もっとも、それをいうなら京都に来てからずっと、ありえない出来事ばかりが起きているのだが。

すると、先ほどから言葉少なだった蓮爾が突然口を開いた。

「警察は、こいつの家の火事に事件性があると？」

真澄はしばらくの間、蓮爾の言葉の意味を理解することができなかった。極度の緊張で、頭が上手《うま》く働かない。

『付け火か？』

カワウソの言葉に、心臓がぎゅっと摑《つか》まれたような不快感を覚えた。同時に、ようやく言葉の意味を理解する。

確かにただの火事であれば、わざわざこんな取り調べまがいの質問などするはずがない。

事件性のある火事――つまりそれは、放火ということになる。

「刑事さんは、わ、私が火をつけたと疑ってるんですか？」

真澄の声はみっともないくらいに震えていた。カチカチと歯が鳴って、一気に血の気が引いたのか今にも吐いてしまいそうなほど気持ちが悪くなった。

いかに真澄が鈍くても、ここまで言われれば刑事の質問が真澄を疑ってのものだと分かる。

二人の刑事は顔を見合わせた。

「お前が怖い顔をしてるから、誤解されるだろぉ」

年長の刑事が苦言を呈した。若い方の刑事が、心なしかばつの悪そうな顔をする。

「まあまあ、話を先走らないでください。確かに現場の状態は放火の可能性を示していますが、まだ確定したわけではありません。むしろ我々は、その可能性を潰《つぶ》すためにこうしてお話を伺ってるんですよ」

そうはいわれても、真澄はちっとも安堵《あんど》することができなかった。どちらにしろ、家に放火されるなんて恐ろしい事態には違いない。

「こうなれば単刀直入にお聞きしますが、三輪さんは最近自宅近くで怪しい人物など見かけませんでしたか？」

ずっと黙り込んでいた若い方の刑事が喋《しゃべ》る。

真澄は複雑な気分だった。この青年はずっと、真澄の様子を観察していたに違いないのだ。

だからといって、彼らの捜査に協力しないわけにもいかないのだが。

そしてその時、年長の刑事が決定的な一言を放った。

「三輪さんは確か、夏ごろにストーカーの相談にいらしてますよね？」

その場の空気が凍り付いた。真澄の心は一瞬にして、恐怖におびえていた夏に引き戻されてしまった。

＊＊＊

警察に行ったのは、蒸発してしまったオーナーの勧めがあったからだ。

お客さんの中にやけに馴《な》れ馴《な》れしい人がいて、顔を合わせるたびにプライベートで遊ばないかと誘いを掛けられていた。

年齢は三十ぐらいだろうか。近くの会社に勤める関根《せきね》という人で、真面目そうな人だった。

どう断っていいか分からないという気持ちもあったし、ほとんど知り合いのいない東京で誘ってもらうのは少し嬉《うれ》しいという気持ちもあった。

けれどそれから少しずつ物をなくしたりと不審なことが起こるようになり、それを見かねたオーナーの椎名さんが、関根を出禁にして警察に行く時も付き添ってくれたのだ。

母の電話の回数が増えたのも、その話をした後のような気がする。

周囲の人間に言わせると、真澄はぼんやりしていて警戒心が足りないらしい。

だがそのお陰かどうかは分からないが、結果として不審な出来事はなくなった。関根と顔を合わせることもなくなり、たった今そのことを言われるまで顔を思い出しもしなかったのだ。

「前に勤めていたお店の常連さんで、関根さんという方です。でも相談してからは被害もありませんし、それだけで放火というのは……」

私はおぼろげな関根の顔を思い浮かべながら言った。

誘ってくれただけなのにストーカー呼ばわりするのは気が引けたが、周囲の人間に言わせると早めに対処しないと被害が大きくなるということらしかった。

実際大きな被害もなかったので、未《いま》だに危機感が湧きづらいのかもしれない。

「そういえば、お仕事はお休みなのですか？　二十日からだと、もう滞在して三日ほどになりますよね」

「実はお店が休業することになって、今はこちらで家事代行のようなことをしています」

「なるほど」

メモを取りつつ、年配の刑事はちらりと蓮爾の様子を伺った。

彼は顔色一つ変えることなく、ただ泰然とそこに座り続けていたが。

結局それ以上めぼしい話もないまま、刑事たちは帰っていった。何かの役に立てたとも思えないが、もし放火だとしたら早く犯人を捕まえてもらいたい。

玄関で刑事たちを見送りどっと疲労を覚えていたところに、カワウソがくいくいとスカートのすそを引っ張った。

『真澄。すとーかーとは何なのだ？』

いかにも発音し辛《づら》そうに、カワウソは言った。

真澄はしゃがみこんで、カワウソと視線を合わせながら思案した。一体なんと説明すれば、このカワウソに伝わるだろうかと。

「一人の人間を妄執を抱いて追い回すことだ」

蓮爾が偏った説明をすると、カワウソは目に見えてわたわたと慌て始めた。

『なんだと⁉　大丈夫なのかそれは⁉』

その反応になんだか気が抜ける。

「でも本当に何もされてないんだよ」

刑事に話しこそしたものの、関根が今更放火するとは思えない。彼が出禁になってから、もう二か月以上たっているのだ。

それよりもと、真澄は蓮爾に向き直った。

「ご迷惑をおかけして、本当に申し訳ありませんでした」

頭を下げる。いわゆる土下座の姿勢だ。

これ以上どうやって、謝罪の気持ちを表せばいいか真澄には分からなかった。

どれだけ謝っても足りない。ただでさえこんな怪しい女を置いてもらっているのに、今度は警察まで来てしまった。

近所にこれを見ている人がいれば、蓮爾にとって都合の悪い噂が立つかもしれない。

なにより、こんな厄介な女に関わったことを後悔しているだろう。

蓮爾の厭《いと》う表情を見てしまったら心が折れてしまいそうで、真澄は顔を上げることができなかった。

頭の上から、ため息の音が聞こえて心が冷える。それに続くようにして、ぶっきらぼうな言葉が降ってきた。

「顔をあげろ」

逆らうわけにもいかず、ゆるゆると頭を上げる。

蓮爾は少しだけ、怒ったような顔をしていた。今から怒られると思ったら、子供のように泣きたくなった。

だが、実際に彼の口から発せられたのは、予想もしない言葉だった。

「あのなあ、お前は被害者だろうが」

「え？」

「なにも悪くないんだから、もっと堂々としていろ」

「でも、実際にご迷惑を……」

「迷惑をかけてるのは犯人だろ。お前じゃない」

蓮爾の言い分は模範的だ。あまりにも綺麗《きれい》すぎる。

「でも実際迷惑かけてるじゃないですか！」

真澄は思わず大声で怒鳴り返してしまった。

目の前で蓮爾が驚いた顔をしているのが見えた。

「私だって、どうして私がこんな目にって思いますよ。でも、私がここにいることで、実際蓮爾さんには迷惑かけてるじゃないですか！」

今だって本当なら、蓮爾は制作に集中していられるはずだった。刑事さえ訪ねてこなければ。

あの日真澄が訪ねてきたことで、蓮爾は一体どれだけの無駄な時間を消費したのだろう。創作のための大切な時間を。

『ますみぃ』

突然の大声に驚いたのか、カワウソがなだめるように真澄の膝《ひざ》に手を置いていた。その手を見てはっとする。

ここで声を荒らげたら、それこそ八つ当たりだ。数日前にカワウソにしてしまったのと同じように。

真澄は深呼吸をして、激しく波打つ心を鎮めようとした。

「あのな」

たっぷりと間をおいて、蓮爾が言いづらそうに口を開く。

「……迷惑だなんてこと、絶対にない」

「そんなこと」

「俺はお前に助けられてる。カワウソがとり憑《つ》いたのがお前みたいなやつで……よかったと思ってるよ」

蓮爾の言葉が頭に届くまでに、しばらく時間が必要だった。この無口で不愛想な人が、そんな言葉をくれるなんて思いもしなかったせいだ。

唖然《あぜん》としていたら、蓮爾は子供のようにそっぽを向いて行ってしまった。

作業部屋の襖《ふすま》が閉じる音がする。真澄はしばらくの間、その場に呆然《ぼうぜん》と座り込んでいた。

＊＊＊

結果として、それ以降警察から真澄に対する接触はなかった。

事情聴取の結果かどうかは分からないが、真澄に過失はないと判断され延焼した周囲の部屋に対する賠償責任も認められなかった。

家主への賠償に関しては入居時に契約した火災保険でどうにかなるらしく、真澄はほっと胸をなでおろした。

先日の蓮爾とのやり取りがあってから、仕事にもハリが出てきた。

やはり自分が作った料理を、喜んでくれる人がいるというのは嬉しい。

家財保険で多少のまとまったお金が入ると思ったので、蓮爾に許可をもらい台所にオーブンを導入した。

蓮爾は自分がお金を出すといったのだが、これに関しては真澄が譲らなかった。蓮爾にお金を出してもらうと、どうしても値段が気になってしまい安いオーブンを買うことになってしまう。

さすがに業務用オーブンは無理でも、真澄はある程度のグレードのオーブンを買いたかったのだ。

そのためにどうしても自分でお金を出したかった。

だがそのオーブンでのやり取りがあったせいか、蓮爾は真澄がこの家にやってきてから一週間で早くもお給料をくれた。

そっけない茶封筒には奮発したオーブンの値段とほぼ同額が現金で入っていて、びっくりさせられた。

もらいすぎだと言ったのだが受け入れられなかったので、仕事で頑張って返していくしかない。

真澄はその日、普段用の常備菜づくりに精を出していた。

一品料理がほとんどと思われがちなイタリア料理だが、コースになるとアンティパスト・ミストと言って一口サイズの前菜が数種類供される。

この中にはたとえばオイル漬けなどの保存食も多数あり、事前にまとめて作っておくことで料理時間を短縮したり簡単にバリエーションを増やすことができるのだ。

大量の野菜を前に、やる気がみなぎってくる。

まずは大量の野菜の皮むきだ。剝《む》いた皮はブイヨンにするので、まとめて冷凍しておく。

真澄が作業している間、カワウソは自分もご相伴に与《あず》かろうと台所でうろうろしていた。料理というものに馴染《なじ》みがないのか、野菜の皮を剝いているところが珍しいようだ。

『はあ〜、前足で皮を剝くなど、真澄は器用だな』

手を前足と表現するカワウソの物言いに、真澄は思わず噴き出してしまった。

「そうかな？　ありがとう」

良くも悪くも、このカワウソは正直だ。言葉を控えるなどということがない代わりに、感心した時は最上級の賛辞をくれる。

慣れてくると、いっそその正直さが心地よく思えてくるから不思議だ。

あんなにひどいことを言ってしまったのに、何もなかったように甘えてくれる素直さも、羨《うらや》ましいくらいだ。

『こっちの赤い実はどうするんじゃ？』

カワウソの視線の先には、洗ってヘタを取ったミニトマトがあった。南米原産のこの野菜は、カワウソにとって馴染みがないらしい。

家の中に梅干し用の干しかごがあったので、ミニトマトは天日で干してドライトマトにするつもりだ。

最初に言っておくと、店では勿論《もちろん》市販のドライトマトを使っていた。だから作るの自体は初めてだ。けれど以前から手作りしてみたいという欲望だけはあって、どんな風に仕上がるのか今からワクワクしている。

制限がほとんどないので、何の気兼ねなしに料理に時間をかけられるのも今の生活のいいところだ。

やっぱりお店だと、そうはいかない。

どうしても原価を気にして材料を替えたり、できるだけ早く提供するために手順を省略することがあった。それが悪いわけではないけれど、制限なく新しいことにチャレンジできるのは純粋に楽しい。

多少現実逃避の面はあったかもしれないが、この頃の真澄はそういう細々した作業に熱中していた。

＊＊＊

チャイムの音がする。

真剣に目の前の作業に取り組んでいたものだから、しばらく反応するのが遅れた。

「はいはーい」

エプロンで手を拭《ふ》きながら、小走りに玄関へと向かう。今は来客の対応も真澄の大切な役目だ。

玄関につくと、引き戸にはまったすりガラスの向こうに、見慣れない人物が立っているのが見えた。

不思議に思いつつ、玄関を開ける。

そこに立っていたのは、光沢のあるグレーのスーツを着た金髪の、整った顔立ちの男性だった。年の頃は二十一歳の真澄と同じくらいか少し上といったところか。

夜の街が似合う、真澄の苦手なタイプだ。

真澄は一瞬躊躇《ちゅうちょ》したものの、話も聞かずに追い返すわけにはいかない。

相手はまるで好奇心旺盛《おうせい》な猫のようにじろじろと真澄を見てきた。

彼が乗ってきたのか、庭には跳ね馬のエンブレムが付いたスポーツカーが停まっている。

「あの、どちら様でしょうか？」

「いやぁ。ちょっと見ない間に蓮爾君同棲《どうせい》なんかするようになってしもたんか」

こんなことを言われては、こちらも警戒してしまう。

「蓮爾さんのお知り合いの方ですか？」

「お知り合いゆうか〜」

友人――というのは考えづらい気がした。蓮爾とでは水と油だろうに。

そこまで考えたところで、カワウソがくいくいと服の裾《すそ》を引っ張った。見てみると、カワウソは警戒するような顔で言った。

『ますみ。こいつ妖怪《ようかい》を連れておる。それも一体や二体じゃすまんぞ』

真澄は驚いて、周囲を見渡した。だがカワウソのような動物の姿はどこにもない。唯一気が付いたのは、男が身に着けているネクタイだ。珍しい和柄のネクタイには、よく見ると奇妙な生き物が沢山描かれていた。

提灯《ちょうちん》を持った狐に、小坊主の格好をした一つ目小僧。唐傘から一本足の突き出したからかさ小僧など、真澄でも知っている妖怪の姿がそこにはあった。

その時、来客に気付いたのか真澄の後ろから蓮爾が近づく足音がした。

「誰だ？」

その声に、真澄は体のこわばりが解けるのを感じた。来客のあまりの態度に、自分でも思った以上に警戒していたらしい。

「蓮爾君！」

目の前の男が明るい声を上げる。その声はまるで憧《あこが》れのサッカー選手に遭遇した少年のそれだった。

＊＊＊

青年は霧夜《きりや》と名乗った。

「源氏名やけどな」

そう言って軽薄そうに笑う。どうやら霧夜は夜職を生業《なりわい》としているらしかった。スーツをびしっと決めた金髪の男性が、ちゃぶ台を前に胡坐《あぐら》をかいているのはなんともミスマッチな光景だ。

「今日はどうした？」

蓮爾の問いに、霧夜は己のネクタイを摘《つ》まみだして前のめりになった。

「蓮爾君！　このネクタイむっちゃええ」

どうやら妖怪の描かれた風変わりなネクタイは、蓮爾の作品の一つだったようだ。カワウソの財布と比べると作風は随分違うが、妖怪を友禅に閉じ込めるという蓮爾の言葉を信じるなら、題材からしてさもありなんと言えるだろう。

「変な気配消えたし、痛客も来なくなったし、効果えぐいわ」

接客する蓮爾の横でお茶を出していた真澄は、勢い込んで喋《しゃべ》る霧夜の様子を呆気《あっけ》に取られて見ていた。

「まじさー、あの姫チャン目つきヤバくて、俺いつ刺されるかって気が気じゃなかったんよな。でもこのネクタイするようになってから、他の店に推しができたらしいわ」

霧夜は興奮したように早口でまくし立てる。

「掛け踏み倒されたんはちょっと痛かったけど、命には代えられへんもんな。まったく蓮爾君さまさまや」

よく分からないが、とにかく感謝しているのだけは間違いないらしい。だが肝心の蓮爾はといえば特に喜ぶでもなく、その仏頂面はぴくりとも動かないのだった。

その反応に霧夜は苦笑する。

「蓮爾君も客商売なんやから、ちょっとは愛想ようしたらええのに。その顔なら人気出るで」

「よく分からんが、俺の仕事は妖怪の奴らを閉じ込めることだ。それ以上でもそれ以下でもない」

蓮爾の声音に不服そうな色が混じる。もっとも、ともすれば聞き逃してしまいそうなかすかな違いではあったが。

「妖怪な。俺には見えへんのよなぁ。残念ながら」

霧夜は心底残念そうに言った。

「そっちの子は見えてるん？　えーと」

「三輪です。三輪真澄といいます」

「はは、素人っぽい反応」

名乗っただけで、どうして笑われるのだろう。真澄は首を傾げた。

「すまんすまん。俺らの周りって、本名名乗る人あんまおらへんから」

霧夜は笑いながら言う。

「それで、自分は妖怪が見えるん？」

改めて尋ねられ、真澄はカワウソに目をやった。

カワウソは霧夜に警戒の視線を向けつつ、先ほどからずっと真澄の背に隠れている。

「その様子だと見えてるみたいやな。ええな～」

愛想笑いをしつつ、真澄はいつこの場を去ろうかとタイミングを探っていた。

霧夜のような男性はあまり得意ではない。

ちょうどその時、台所の方からピピピピとチープな電子音が響いた。炊飯器の音だ。

真澄はてきぱきと立ち上がる。ようやくあれができあがったのだ。

***

どうしてこうなったのだろう。

真澄は目の前でお茶碗《ちゃわん》からご飯をかっ込む男を見ながら思った。

「お代わり!」

三人で囲むちゃぶ台に、元気な声が響いた。

先ほどよそったばかりのお茶碗が、米粒一粒残さず綺麗《きれい》になっている。

声の主は霧夜だ。そして彼が旺盛な食欲を発揮しているのは、炊き立ての栗ご飯だった。

ふくふくと大きくなった丹波《たんば》の栗を、贅沢《ぜいたく》に栗ご飯にしたのだ。付け合わせには、君枝にもらったしば漬けを出してある。酸っぱい風味がごま塩を振った栗ご飯によく合う。

本当は夕食にするつもりで栗ご飯を炊いたのだが、あまりにもいい匂いなので霧夜が食べたいと言い出したのだ。これだけだとなんなので白だしで作ったお吸い物もつけた。戻したワカメと台所に放置されていた貰《もら》い物《もの》の可愛いお麩《ふ》を入れて。

もともと君枝におすそ分けするつもりで沢山炊いたのだが、それでも霧夜の食欲には食べつくされてしまうんじゃと案じられるばかりだった。

だが頑張って仕込んだものをこんな風においしそうに食べてくれるというのは、なんとも嬉《うれ》しいものだ。

おいしそうと言うならそれはカワウソも同じで、お椀《わん》にかじりつくようにして栗ご飯を食べていた。

一応台所で食べさせているが、カワウソが見えない霧夜にはその光景がどんなふうに見えるんだろうか。

実際に見てもらって確認したい気もするが、お椀が宙に浮いてるなんて言われたら自分の方が怖くなりそうで、なんとなくやめておいた。

「おいしかった。ごちそうさま」

「お粗末さまでした」

「こんなにおいしいご飯を食べさせてもらえるなんて、思わんやったわ。真澄ちゃん俺と結婚しぃひん？」

「え⁉」

予想外の申し出に、驚いて大声をあげてしまった。

冷静になってみれば冗談と分かるが、真澄は真面目な性質なので反応に困ってしまったのだった。

「いい加減にしろ」

その時だった。黙って食べていた蓮爾が茶碗を置いたのは。

「店の調子でこいつにちょっかいをかけるな」

その声は明らかに不機嫌だった。先ほどホストに誘われた時とは、比べ物にならない程明確に。

だがそれでも霧夜は反省するでもなく、むしろその顔に悪戯《いたずら》っぽい笑みを張り付けていた。

「蓮爾君、随分怒るやん。隣のばぁちゃんに営業かけた時は何も言わへんかったのに」

どうやら君枝にもこの調子で迫ったようだ。真澄は霧夜の軽口を真に受けてしまった己を恥じた。

蓮爾もうまく受け流せない真澄を見かねて、霧夜を窘《たしな》めてくれたのだろう。少なくとも真澄はそう解釈した。

「真澄ちゃん。よかったら今度お店きてな。栗ご飯のお礼にめいっぱいサービスしたるわ」

「はは……ありがとうございます」

「あ、本気にしてへんな？」

お世辞だと思ったのだが、どうやら違うらしい。

「じゃあ真澄ちゃんを今占ったる。ちょっと手ぇ貸して」

霧夜はそう言うと、箸《はし》を握っていた真澄の手を引っ張った。

驚いて箸を落としそうになってしまったところを、霧夜が空いている手で素早く受け止める。

そして手相を見るかのように、熱心に真澄の手を見つめた。

男性に手を握られたことなどほとんどない真澄は、たったそれだけのことで頭が真っ白になってしまった。

だからどれほどそうしていたかは分からない。

「あかん」

「え？」

霧夜は何でもないことのように軽い口調で言った。

「女難の相が出とるわ」

「え？」

「最近男がらみで、女の恨みとか買ってへん？」

「ま、まさか」

真澄はぶるぶると首を左右に振った。そもそも恨みを買うほど深い人間関係などない。ここ半年以上、家族とすら没交渉なのだから。

「ふーん」

霧夜はそう言って真澄の手を離すと、軽薄な笑みを浮かべながら言った。

「気ぃ付けた方がええで。こっちがなんもしてへんと思っても、勝手に妬《ねた》んだり恨んだりするんが人の性《さが》。誰からも憎まれへん人間なんて、この世におらへんのやから」

夜の世界で生きる霧夜の言葉には、やけに説得力があった。真澄は落ち着かない気持ちで握られていた手をこすりながら、その気迫に負けて思わず頷《うなず》いてしまったのだった。

食事を終えた霧夜は、暗くなる前に同伴があるからと帰っていった。作業部屋で蓮爾と何か話していたようだが、真澄には彼が何しに来たのかも分からないままだった。

第四章

霧夜が帰った後、なんとなく釈然としない気持ちで洗い物をしていると、蓮爾に声をかけられた。

「今、外に出られるか？」

「どこか行くんですか？」

「ちょっとな」

「大丈夫です」

真澄は台所を見回した。ブイヨンづくりは時間がかかるので後日にするつもりだし、他のめぼしい作業は大体終わっていた。

コートを着て外に出る。

このコートもこちらにきて買ったものだ。秋が深まるごとに、日没は早まり気温もどんどん下がっていく。

嵯峨野は山が近いせいか、太陽が見えなくなるのも平地に比べて早い。

いつの間にか鈴虫の声が聞こえなくなっていた。ただ、夏の盛りには暑すぎて鳴りを潜めていた蚊が今頃になって出てきたので、虫よけスプレーはまだまだ必須《ひっす》だ。こうして過ごしている内に、きっとあっという間に冬になってしまうのだろう。まだここで暮らし始めて半月も経っていないのに、ここでの暮らしは驚くほど体に馴染《なじ》む。

東京で疲れた体には、まるでしみ込むようだ。

もっとも、少しでも観光地に近づこうものなら、東京と同じかそれ以上の混雑にぶつかる。元から住んでいる蓮爾はそのことが分かっていて、どこへ行くにも器用に混雑を避けていた。

彼から受けた京都で暮らす注意点は、バスには乗るなというもの。

バスというと市民の足というイメージがあるが、本数が多くエリア内はどれだけ乗っても二百三十円という安さ、更にはその利便性から、京都の市バスは完全に観光客の足となっていた。

京都駅に向かうバスなどはそれはもう芋を洗うような有様で、停留所で待っていても乗れないこともある。

今が秋であることも、無関係ではないのだろうが。

「少し歩く」

工房を出て、蓮爾についいて歩く。カワウソもついてくるつもりのようで、二本足でひょこひょこと歩いてきた。歩幅が違うのに、なぜか遅れることもなくついてくるのが不思議だ。

蓮爾は住宅地を経由して、山の方に歩いていく。

工房につく前にあちこち歩き回ったが、この辺りの地理については未《いま》だによく分からない。

だが少し歩くと、だんだん外国人の姿が目に付くようになった。

遠目に、背高く生い茂った青々とした竹林が見える。嵯峨野の竹林は観光地として有名だが、渡月橋からは少し離れているのでそこまで人が多いということもない。風が吹いて竹が揺れ、カポカポと乾いた音を立てた。それはまるで音楽のようだ。

遠くの山々では落葉樹が色づき始め、山吹色と緑のまだら模様になっている。

これから赤く染まるのだと思うと、故郷の山への郷愁を感じた。

「蓮爾さんは、どうして友禅作家になったんですか？」

黙り込んでいるのも気づまりで、真澄は尋ねた。

「どうして……か」

蓮爾が口ごもる。

「あの、言いたくなければ無理には……」

「いや。説明が難しいと思っただけだ。言っておくが、俺は絵が好きだとか、友禅に特別な感情を持って仕事をしてるわけじゃない」

それは予想もしない回答だった。

「そう……なんですか」

「お前には信じられないだろうが」

「いえ。仕事を選ぶ理由は、それぞれ違いますから」

真澄はずっと、料理を仕事にしたいと思っていた。頭もそれほど良くなかったので、大学に行こうとは最初から考えていなかった。

そして同時に、何が何でも家を出たいと考えていた。故郷は窮屈で、女である真澄は家の中で厄介者と認識されていた。家の中心には跡取りの弟がいて、家族の誰も真澄になんて期待していなかった。

だから、無理に上京を決めたのだ。料理をする職業なら、故郷にだってあったのにもかかわらず。

都会に出て数年もすれば、親もきっと真澄を忘れる。そう思っていた。

誤算だったのは、大学進学のために弟が上京したことで、母親が真澄に執着し始めたことだろうか。

まるで今までの空白を埋めるように、頻繁に連絡がやってくる。

無視するわけにもいかず、今はなんとか電話口だけで相手をしている状態だ。

だから正直なところ、失業してもアパートが火事になっても、実家に帰りたいとは思わない。

カワウソの問題はあれど、今ここに置いてもらっていることがどれほどありがたいか。

好きに料理をさせてもらって、その料理を食べてもらえる。今は純粋にそれが楽しい。

「ただ、適性があった」

「才能があったんですね」

真澄の相槌《あいづち》に少し呆《ほう》けた後、蓮爾は珍しく笑い声をあげた。だがすぐにそれを押し殺すように咳払《せきばら》いをする。

「そんないいものじゃない。子供の頃から人ではないものが視えた。両親はそんな俺を恐れて、友禅作家をしていた師匠に預けたんだ」

どんな顔をしているのだろうと蓮爾の顔を見上げると、彼は遠い目をしてどこかを見ていた。

その目が見ているのは妖怪《ようかい》なのか、それともただの紅葉なのか、或《ある》いは過去か。

真澄には判断がつかなかった。

ただ分かるのは、蓮爾が自分の両親に対して、複雑な感情を抱いているということだった。

それは真澄にも、覚えのある感情だ。

もっとも、現在の状態で言えば家族を捨てたのは真澄の方なのだが。

だが完全にその関りを断つこともできず、細い電話という糸で辛うじてつながっている状態だ。

「それで、友禅作家に」

「そうだ。師匠は友禅の工程の中でも、青花《あおばな》つけを専門にしていた」

「あおばなつけ、ですか？」

聞き覚えのない言葉だ。

「ああ。友禅の下絵は、昔から青花と呼ばれる花の汁で描く。だから青花つけ」

「へえ」

「もっとも、今は市販の青い染料を使うことが多い。ようは生地を傷めず綺麗《きれい》に洗い流せればいいんだ」

「え、せっかくの絵を洗い流しちゃうんですか？」

真澄が問い返すと、蓮爾が何とも言えない顔をした。

「そりゃあ洗い流すだろう。下絵なんだから」

「すいません。友禅の工程ってよく分からなくて」

咄嗟《とっさ》に謝ると、蓮爾は気まずそうに頭をかいた。

「いや、説明もしてないのに分かるわけないよな。どうにも言葉が足りなくてな」

そう言ってスマホを取り出すと、蓮爾はその画面を見せてくれた。

液晶の鮮やかな画面には、白い布の上に青い線で描かれた、菊の花があった。

描かれているのはそれだけで、何かの見本にするための画像らしい。

「それで次がこれ」

そう言って蓮爾が画面をスワイプすると、菊の花の青い線の上に、なにか粘度のある白いものが置かれている画像が出てきた。

「これはなんですか？」

「下絵の上にのりを置くんだ。もっとも、今はのりじゃなくてゴムだけどな。染める時に色が混ざり合わないよう、線の部分にのりを置くんだ。その上からようやく色が入る」

友禅の話になると、蓮爾は饒舌《じょうぜつ》だった。

今日までこれほど喋《しゃべ》ったことはなかったので、真澄は内心で驚いていた。

でも今はそのことを指摘して、この空気を壊したくなかった。友禅について説明する蓮爾が、どこか楽しそうに見えたせいかもしれない。

その顔には相変わらず、いつもの無表情が張り付いていたが。

じっと顔を見ていたせいか、それに気づいた蓮爾が手のひらで口元を覆った。

「顔に出ていたか？」

「え？」

「あまり感情を出さないようにしてるんだが」

真澄は驚いてしまった。どうしてそんなことするのか、理解ができなかったからだ。

だがそう言われてみれば確かに、今日まで全てにおいて蓮爾は感情の起伏に乏しかった。

「どうしてそんなことを……」

「障りがあるんだ。滅多にそんなことはないが、そうなったら逃げてくれ」

蓮爾の不愛想の理由を知り、真澄は何とも言えない気持ちになった。

嬉《うれ》しいこと、悲しいこと、楽しいこと。そのすべてを、彼は押し殺して生きてきたのだろうか。

子供の頃から、親に頼ることもできずに。

その光景を想像しただけで、しくしくと胸が痛んだ。

＊＊＊

「ここだ」

そう言って蓮爾が立ち止まったのは、細い坂道を登って袋小路になっている竹穂垣《たけほがき》の前だった。

途中、沢山の観光客が竹林を埋め尽くしていた。

紛れて迷子になりそうだったので、無事辿《たど》りつけたことにほっとしていた。

「ここは？」

「行けば分かる」

蓮爾の端的な返答からは、どんな情報も得ることができなかった。

つつましやかな入り口は個人の邸宅か料亭のようにひっそりとしていて、入るのは勇気がいる。

そんなことを考えていると。誰もいないのに門が内側へと開いた。

「え？」

風にあおられて開いたような動きではなかった。唖然《あぜん》としていると、後ろをついてきていたカワウソが唸《うな》り声をあげた。

驚いて振り返ると、四《よ》つん這《ば》いになったカワウソは誰もいない門の向こうを威嚇しているかのようだった。

「どうしたの？」

『臭うぞ！　獣の臭いがするっ』

だが荒ぶるカワウソに構うことなく、蓮爾は門の中に入って行ってしまう。置いて行かれそうになり、真澄は慌ててその後を追った。

『ますみ～。待ってくれ～』

その後をカワウソがなさけない声をあげてついてくる。カワウソの後ろで、ひとりでに門扉が閉じるのが見えた。

寺の敷地は、青々とした苔《こけ》によっておおわれていた。

そこに細い砂利敷きの小道がいく筋も伸びている。椿が艶《つや》やかな葉の合間に小さな蕾《つぼみ》をつけていた。もっと寒くなったら、赤々とした花をつけるのだろう。

とても美しい光景だが、一般客には門扉を閉じているのか、観光客の姿はなかった。

それどころかやけに静かで、外の世界と隔絶されているかのようだ。

砂利道を蓮爾の後を追って歩く。

辺りがしんとして、やけにクリアに感じられた。

美しさと静謐《せいひつ》。それがしみじみと心の中にしみ込んでくるようだ。馴染《なじ》みのある場所という訳ではないのに、こんなに落ち着くのはなぜなのだろう。肩の力が抜けて、まるで自分が一人でここに立っているような気持ちになる。神経が研ぎ澄まされ、自分がひどくちっぽけな存在だと感じられた。

どれくらいそうしていただろう。ざくざくと砂利を踏む音がした。その音は真澄の背後から聞こえてくるようだ。

思わずふり向くと、そこには淑《しと》やかな着物美人が立っていた。葡萄《ぶどう》が染め抜かれた紺色の着物に、しっとりとした和髪がよく似合っている。

ただ、年齢が分からない。真澄と同じ年ごろのようにも見えるし、或いはすごく年上だと言われても信じるだろう。

彼女にはそんな不思議な雰囲気があった。顔は若いのに、雰囲気があまりに落ち着いているのだ。

真澄が思わず見とれていると、一番美女になびきそうなカワウソが、先ほどの興奮のままに女性に飛びかかろうとしていた。

慌てて止めようとしたのだが、小動物のすばしっこさには追い付かない。

真澄の手を逃れたカワウソは、渾身《こんしん》のジャンプで跳び上がり美女に襲い掛かった。

頭の中は真っ白だ。相手にはカワウソが見えないかもしれないが、飛びかかったら一体どうなってしまうのか見当もつかない。

だがそんな真澄の目の前で、信じられないようなことが起きた。

それは跳び上がったカワウソの体が、まるで見えない壁に弾《はじ》かれたように吹き飛ばされたのだ。

真澄は思わず声にならない悲鳴を上げた。そして慌ててカワウソの許《もと》へ走る。

幸か不幸か、カワウソは砂利の上ではなく、ふかふかの苔の上に着地していた。それでも衝撃は消しきれなかったのか、驚いたように茫然《ぼうぜん》としている。

蓮爾を呼ぼうと振り返ると、なぜか女が真後ろに立っていた。

真澄は息を呑《の》んだ。そんなはずはない。女は十メートルほど先にいたのだ。ここまで砂利の音もさせずに近づくことなど不可能なはずだった。

――人間じゃない。

涼し気な女の顔を見上げ、真澄は直感的にそう感じた。

『困りますわ蓮爾様。こないをそを連れ込まれたら』

やはり女は蓮爾の知り合いであるらしい。

彼女は顔にうっすらとした微笑を貼りつけ、涼しい顔のままで言った。

「非礼を詫《わ》びよう。今日は広尾《ひろお》に折り入って頼みがある」

蓮爾がそう切り出すと、女は不思議そうに振り返る。彼女の名前は広尾と言うらしい。

『あらめずらし。普段はここに寄り付きもせぇへんのに』

二人の会話からは、なんとも言えない親しみが感じられた。霧夜や君枝に対してすらどこか線を引いて付き合っている蓮爾が、広尾には素直に頼ることができるのだなと思った。

『ここではなんやから、中へどうぞ』

彼女がそう言うと、どういう仕掛けなのかすぐ近くにこぢんまりとした庵《いおり》が現れた。茅葺《かやぶき》屋根の上に苔生《こけむ》すような、古めかしい庵だ。

庵は中に入ると、思ったよりも広かった。中は板張りで、お尻《しり》が痛くならないよう藁《わら》を編んだ円座《わろうだ》が用意されている。

真澄は勧められるまま、そのうちの一つに正座した。

蓮爾は胡坐《あぐら》をかき、カワウソはよたよたしながら円座を二つつなげて横になっていた。少し心配だったが、歩けるところを見るとひとまず大丈夫そうだ。

そもそも妖怪《ようかい》と言うのは、怪我をするのだろうか。幽霊が怪我をするという話は聞いたことがないが、妖怪と幽霊は違うのだろうか。

京都に来てから始終一緒にいるが、カワウソに関しては未《いま》だに分からないことが多い。どうして真澄に執着するのかも、現在のところ分からないままだ。

カワウソに大丈夫かと尋ねようとしたその時、蓮爾が口火を切った。

「広尾、教えてくれ。彼女に恨みを抱いている人間はいるか？」

真澄は驚いて、カワウソに向いていた意識を蓮爾へと戻した。

彼の言葉が真澄を指しているのは明らかだ。問いかけた相手である広尾を除外すると、女性と呼べるのは真澄だけだからだ。

蓮爾の質問について思い当たるのは、昼に霧夜から言われた言葉だろうか。

正直なところ、真澄は霧夜の占いを全く本気にしていなかった。なぜなら以前見たテレビで、女性を口説く方法として手相占いが取り上げられていたからだ。

霧夜は明言こそしなかったものの、おそらくはホストだ。ならば女性を口説く方法には精通しているに違いない。

勿論《もちろん》口説かれたとは思わないが、そうして不安をあおり真澄をからかったのだろうと解釈していた。

だが真澄が思うよりも、蓮爾は霧夜の言葉を重要視していたようだ。

真澄は恐る恐る広尾を見た。自分の事となると、俄然《がぜん》広尾の反応が気になってくる。

彼女はついと真澄を見ると、妖艶《ようえん》にほほ笑んだ。

『ああ、ああ。あんたも隅に置けへんな。そんなん二人もつけて』

思わず体が強張《こわば》る。

「二人？」

真澄は咄嗟《とっさ》に、にじり寄るように両手を前についた。

なぜだか分からないが、広尾の言葉は霧夜よりも真実味があった。

なお広尾が言うには、真澄には男と女の霊が憑《つ》いているという。だが、身近に二人も死んだ人間などいない。ならばそれは一体誰なのか。

それもこちらに恨みを持っているというのだ。真澄が取り乱してしまうのも無理はなかった。

そんな真澄を見て、広尾は哀れむように言った。

『気づいてへんかったん？　なら悪いことしてしもた。ただの冗談やさかい、忘れてぇな』

思いもよらない返答に、真澄は身震いした。

嘘と言われても、そんな言葉信じられるわけがない。そもそも広尾とは初対面で、真澄に嘘を言う理由などないはずだ。

広尾の表情を見ると、どう考えても揶揄《からか》っているようにしか見えなかった。

「そん、な……」

「広尾！」

蓮爾が声を荒らげる。

するとどうだろう。目の前にいたはずの広尾の姿が掻《か》き消え、次の瞬間蓮爾の隣に現れたのだ。

真澄は我が目を疑った。

これではまるで瞬間移動だ。

広尾は蓮爾にしなだれかかると、まるで真澄に見せつけるかのように何事か耳打ちした。

——揶揄われている。

そう分かっても、真澄にはなす術《すべ》がないのだった。

広尾に何を言われたのか、蓮爾は彼女を振り払うでもなく考え込んでいる。何とも気まずい空気の中、状況を打破したのは驚いたことにカワウソだった。

『こんの女狐！』

円座の上でぐったりしていたはずのカワウソが、再び広尾に飛びかかろうとする。

その瞬間、真澄は見てしまった。広尾が驚くほど冷たい表情をしたことを。

そしてたちまち、真澄の視界が遮られる。部屋の中に散ったのは大量の木の葉だった。緑の葉が舞い落ち、驚く間もなく周囲の光景が一変する。

「嘘！」

そう叫んでしまったのも無理はなかった。

今まで座っていたはずの円座や板張りの床すら跡形もなく消え去り、そこにはただ静かな竹林が広がっていた。

隣にいる蓮爾は、未だに胡坐をかいたまま考え込んでいる。

真澄は立ち上がると、周囲を見回してカワウソの姿を探した。カワウソと広尾の姿はない。

代わりに風もないのに竹が揺れ、葉擦れの音が響く。ミシミシと竹がきしむ音が混ざり、不気味さを感じさせる。

「カワウソさん？」

思わず呼びかけるが、返事はない。

ただ心なしか、音が大きくなった気がする。音と共に竹が揺れ、まるでこちらに近づいてきているかのようだ。

身動きもできず立ち尽くしていると、目の前に着物と髪を乱れさせた広尾が現れた。

だがその頭には、先ほどまでなかったはずの二つの三角耳が生えていた。ふっくらとした巨大な尻尾《しっぽ》も。

『いやわ。ちゃんと躾《しつ》けといてくれな』

広尾の手には、ぐったりとしたカワウソの尻尾が握られている。

真澄は思わず、喉《のど》の奥から悲鳴が漏れそうになった。

広尾が手を離す。重力に従って落ちてくるカワウソを抱きとめると、真澄は慌ててカワウソに呼びかける。

「起きて！　ねえ目を覚まして」

いつも騒がしいカワウソが、一言も発しない。真澄は今までにない焦燥感を覚えた。

「びょ、病院に」

「いや、財布に入れてやれ」

いつの間にか、蓮爾がすぐそばまで来ていた。

一瞬何のことかと思い、すぐにカワウソが入っていた友禅染めの財布の事であると気が付いた。

幸いというかなんというか、例の財布については扱いを任されていたので、今日も持ってきていた。慌てて鞄《かばん》から財布を出すが、何も起こらない。

伺うように蓮爾を見ると、彼も難しい顔をしてカワウソを見下ろしていた。

「まずいな」

その言葉に、すっと血の気が引いた。

「な、なにか方法は？」

勝手に付きまとってくる身勝手なカワウソだ。このカワウソのせいで、東京に戻ることができなくなった。

でも、カワウソがこんな風になってしまったのは、真澄が揶揄われているのを怒ってくれたからだ。

正直なところ、嬉《うれ》しかった。こんな風に誰かに全力で庇《かば》われることなど、今までなかった。

なにより、疲れた真澄の心を癒《いや》してくれたのもまた、このカワウソなのだ。京都に来てからずっと、落ち込まずに仕事に打ち込めたのは、カワウソの存在があったからだ。

だがそうして動揺している間にも、カワウソの存在が徐々に希薄になっていく。体が透けて床の木目が見えた瞬間、真澄はか細い悲鳴を上げた。

「だめ！　死なないで」

妖怪《ようかい》に死はあるのだろうか。それはわからない。分かるのはただ、カワウソと離れたくないという自分の気持ちだけだ。

「広尾！」

蓮爾が叫ぶ。

広尾は不本意そうに頭をかいた。多少の罪悪感はあるらしい。

『……名を』

「え？」

『名前を付ければいい』

真澄は広尾を見た。

「そんなことでいいの？」

『そんなことじゃない。名は命だ。名を付けた者と付けられた者は、縁で結ばれる。時に命を分け合う』

冗談を言っているようには見えなかった。広尾の真剣な顔を見て、真澄はごくりと息を呑《の》んだ。

「それでも……」

真澄はカワウソを見下ろした。先ほどよりも存在が希薄になっている。もう一刻の猶予もない。

「このままお別れなんて、嫌だよ」

カワウソの柔らかい毛を撫《な》でる。その感触すら、今は空気を撫でるようだ。混乱の最中《さなか》で、真澄は必死に考えた。

妖怪の名前なんて、どう付ければいいか分からない。ペットの名前さえ、付けたことがないのだから。

なのにどういう訳か、頭の中に一つの単語が浮かんだ。

それがいいか悪いかすら、今は分からないけれど。

「消えないで、ラーゴ」

はじめは何も起こらなかった。

カワウソはそのまま消えていくように思われた。

ラーゴはイタリア語で湖を意味する。黒いカワウソの瞳《ひとみ》は、静かな夜の湖を思わせるからだ。

だが名前を付けても何も起こらない。やはり日本語の名前でなければだめなのか。

そう思い困惑していたその時、カワウソが淡い光を放った。まるで水中で見る太陽のような、柔らかい光だ。

『嘘や！』

広尾が驚いたような声を上げた。

そして光に包まれたカワウソは、そのまま財布に吸い込まれてしまった。

辺りがしんと静まり返る。

「これで……よかったの？」

真澄は茫然《ぼうぜん》としていた。あの光だけでは、カワウソが助かったと確信できなかったからだ。

広尾の言葉に従ったものの、成功したという手ごたえはなかった。

思わず泣きそうになりながら、カワウソが消えた財布の表面を撫でる。そこにあるのはただ、カワウソのいない革の財布に過ぎない。

「大丈夫だ。落ち着け」

本当に大丈夫なのだろうかとはらはらしていると、蓮爾は真澄をなだめるように肩に手を置いた。

「心配ない。今は眠らせておこう」

蓮爾の言葉に従い、財布を鞄の中にそっとしまう。

するとその時、全く予期していなかった出来事が起こった。それは傍らに立っていたはずの広尾が、地面に座り込んだ真澄に突如として抱き着いてきたのだ。

何が起こったのか、咄嗟《とっさ》には理解できなかった。さらりとした黒髪が、真澄の視界を覆う。

「おい、なにを……」

髪のカーテンの向こうから、蓮爾の呆《あき》れたような声が聞こえた。

振り払うこともできたのだが、先ほどの衝撃的な出来事も手伝って、真澄はただされるがままになっていた。

すると耳元で、すんすんと鼻をすする音が聞こえてくる。

――ああ、彼女は泣いているのだ。

泣いている人間を突き放すことなんて、できはしない。たとえ彼女が人ではなく、妖怪の類《たぐい》だったとしてもそれは同じだ。

しばらくさせたいようにさせていると、やがて広尾はさめざめと泣きながら呟《つぶや》いた。

『ああ、ぎおう様。ようやく……』

その名前に聞き覚えはなかった。窺《うかが》うように蓮爾を見るが、彼はただ難しい顔で広尾を見下ろすだけだった。

＊＊＊

あの後、このままでは日が暮れてしまうということで、真澄と蓮爾は工房に戻ることにした。

あれきり広尾はうんともすんとも言わなくなってしまい、それを置いてきた形だ。

真澄は帰り道も、ラーゴことカワウソが無事か気が気ではなかった。

蓮爾はあの場所に連れて行ったことを謝ってくれたが、彼自身別れ際の広尾の行動が謎だったらしく、しきりに首をかしげていた。

そうしてようやく工房に帰り着くと、真澄はへとへとに疲れていた。

なので朝のうちに、一通りの下ごしらえを済ませておいてよかったと心の底から感謝した。

常備菜も何種類か作ってあるので、それをお皿に盛ればいい。料理に大切なのは日ごろの備えだ。

冷蔵庫にあった鶏《とり》もも肉を食べやすいよう一口大に切り、先日新たに買ってきた料理酒を揉《も》みこむ。それを耐熱皿に重ならない様に並べ、やわらかくラップをかけてレンジでチン。

その間にシメジやエノキのいしづきを切り落とし、食べやすい大きさに切っておく。

加熱し終わったら、鶏肉をひっくり返してきのこを載せ、再び加熱する。

めんつゆで味付けしてきのこと鶏肉のレンジ蒸しの完成だ。

冷蔵庫にあるタッパーからさつまいもの甘煮と、秋野菜の揚げびたしを盛りつけ、ご飯を炊いて本日の晩御飯とした。

ラーゴが財布から出てこないので、蓮爾と二人向かい合っての夕食だ。

いつもはラーゴが騒いでいるので賑《にぎ》やかなのだが、蓮爾と二人きりになると何を喋《しやべ》っていいか途端に分からなくなる。それでも会話が皆無ということはないのだが、蓮爾は何事か考え込んでいる様子で何を言っても生返事しか返ってこないのだ。

諦《あきら》めて黙々と箸《はし》をすすめていると、唐突に蓮爾が口を開いた。

「付き合わせて悪かったな」

唐突な謝罪に、驚いて箸が止まった。

疲れているのが伝わってしまったのだろうか。蓮爾から謝罪されてしまい、真澄は気まずい思いを味わった。

「いえ……あの、霧夜さんの占いの内容を広尾さんに確かめに行ったんですか？」

蓮爾からはっきり告げられたわけではないが、結果から見るとそうとしか考えられない。

「……霧夜の占いは当たる。もっとも、女相手にしかその勘は働かないらしいが」

女性限定の占い師でホストとは、なんとも胡散臭《うさんくさ》い。蓮爾の言葉でなかったら、真澄は信じる気になれなかっただろう。

「広尾は狐だ。どういう訳か人間の恨み嫉《そね》みに敏感なんだ。もっとも、それを面白がっているきらいはあるが」

その広尾が、真澄に霊が憑いていると言ったのだ。広尾は冗談と言ったが、話の流れからして本当だろう。

改めて考えてみても、やはり真澄には自覚がない。

ただ、仕事がなくなったり家が火事になったりという不運が、霊によって引き起こされている可能性はある。

幽霊がどういう存在かは知らないが、この半年真澄に起こった出来事を考えれば、広尾の言葉を否定するのは難しいのだった。

その時、真澄は広尾が蓮爾になにか耳打ちしていたのを思い出した。その後の出来事が衝撃的で忘れていたが、あの時蓮爾は何を言われたのだろう。

「そういえば、蓮爾さんは広尾さんに何を言われたんですか？」

問いかけると、蓮爾は何のことかすぐに思い当たったようだ。

「ああ。広尾は俺にこう言った。『片方は生きている』と」

「片方は？　どういうことでしょうか」

そう口にしてから、真澄は広尾が自分には二人霊が憑いていると言ったことを思い出した。

「まさか、私に憑いている人って……」

「生霊と言って、生きている人間が強い執着のあまり人に憑くことはある。二人の霊の内、片方は生者。片方は亡者ということなのだろう」

「あの、蓮爾さんには見えてないんですか？　その幽霊が」

広尾の許《もと》へ向かう道中、蓮爾はいっていたはずだ。子供の頃から人ではないものが視えたと。

すると蓮爾は難しい顔をして、真澄に向けて目を凝らす。

「視える、気はする。だが霧夜に言われて初めて気が付いた。それくらい分かりづらい。おそらく隠れているんだろう」

「幽霊が隠れるなんてことがあるんですか？」

「ある。俺の仕事は祓《はら》い屋と同じだ。祓われたくないものは当然隠れる」

真澄は思わずため息をついた。感心したのだ。蓮爾の言葉を信じるなら、つまり幽霊は蓮爾を恐れているということになる。彼はそれほどの力を持っているのだ。

「凄《すご》いですね」

「凄くはない。今のような時は逆に苦労する」

謙遜《けんそん》ではなく、蓮爾は本気で言っているようだった。

それにしても、祓うことのできる蓮爾に見えないとなると、再び広尾の力を借りねばならないのか。

真澄がうんざりしながら広尾の勝ち誇った表情を思い出していると、まるでそのタイミングを見計らったかのように、目の前に広尾が現れた。

「えっ」

真澄は驚き、声を上げた。

突然家の中に現れた広尾は、先ほどまでとは打って変わって悄然《しょうぜん》とした様子だった。なにせその美しい瞳《ひとみ》から涙を流し、さめざめと泣いている。自信満々で勝ち誇った笑みを浮かべていた女とは別人のようだ。

そのあまりの態度の違いに、こちらはどうしていいか分からなくなった。別人と言われた方がまだ納得がいくのだが。

そして広尾はそのまま何の言葉も発することはなく、空気に溶けるように姿を消してしまった。

真澄と蓮爾は顔を見合わせる。まさしく狐に摘《つ》まれたような――と言うのが相応《ふさわ》しい。意味が分からず呆気《あっけ》にとられる。

「なんだったんでしょうか？」

「さあ……」

首を傾げつつ、食事を再開させる。

その夜はそれ以上、奇妙なことが起きることはなかった。

第五章

――見られている。

落ち着かない気持ちのまま、真澄は思う。

蓮爾に連れられて広尾に会いに行ったその日から、何をしていても誰かの気配を感じてしまうのだ。

その正体は果たしてなんなのか。真澄に憑いている幽霊の仕業なのだろうか。

『ますみ？　どうしたのだ』

ラーゴはと言えば名前を付けたあの日以来、より一層真澄に懐いたようだ。なのでどこに行くにもついて来ようとする。

以前はそれを煩わしく感じていたが、今はそうではない。真澄のために危険を顧みず、広尾に挑んでいったラーゴ。

それを思えば、喋り方は前のままでも可愛らしく見えてくるから不思議だ。

真澄はあの日から、ラーゴの住む財布をいつでも持ち歩くようになった。ラーゴに何かあっても、この財布があれば安心だ。

それに前述した不気味な気配に対しても、ラーゴがいれば気を紛らわすことができた。

ラーゴのせいで東京に帰れずにいたはずなのに、今はできるだけ一緒にいたいと思うのだから、本当に人生はどう転ぶか分からない。

『ますみ。今日のごはんはなんだ？』

ラーゴはぺろりと舌なめずりをした。

本物のカワウソが何を食べるかは知らないが、ラーゴは真澄の作った料理ならとにかくなんでも食べる。

妖怪《ようかい》なので食材に気を遣わなくて済むのはありがたいが、消化器官はどうなっているのだろうと不思議でもある。もっとも、確かめようにも本人にもよく分かっていないようだが。

「よし！」

真澄は気分を切り替え、その日は手のかかる料理をすることにした。

一つは先日断念した野菜のブィヨン。これは今日までに出た野菜の皮や根を冷凍しておいたので、それを使うのだ。

寸胴鍋《ずんどうなべ》に水を入れて、昆布と干しシイタケを浸《つ》けておく。その間に玉ねぎ、人参《にんじん》、セロリを切り、冷凍野菜とニンニクと一緒に鍋に入れる。

この時、後で使うので細かく切った玉ねぎと人参を取り分けておく。

そこから弱火で一時間ほど、ゆっくりかき混ぜながら出汁《だし》を取っていく。

出汁を取っている間、同時並行でごぼうの肉詰めを作ることにした。

あの細いごぼうにどうやって肉を詰めるんだと思うかもしれないが、京都にはその料理に最適なごぼうがある。

その名も堀川《ほりかわ》ごぼう。京野菜の中でもほとんどスーパーには並ばない、希少品だ。近所の無人販売所で売られていたので、気になってつい買ってきてしまった。

堀川ごぼうには面白い逸話があった。かつて天下統一を果たした豊臣秀吉《とよとみひでよし》は、堀川近くに贅《ぜい》を凝らした聚楽第《じゅらくだい》を建てた。

のちに聚楽第は豊臣家の家督と共に秀吉の甥《おい》である秀次《ひでつぐ》に譲られたが、豊臣家のお家騒動により秀次は切腹。秀吉は秀次の罪を印象付けるため、聚楽第をも徹底的に破壊しつくした。

更に豊臣家が滅亡すると、聚楽第の堀跡は町衆のごみ捨て場になってしまった。すると不思議なことに捨てられたごぼうが年を越して巨大化し、堀川ごぼうのはじまりとなったというのだ。

そんな逸話を持つためか、堀川ごぼうは普通のごぼうよりも太く大きい。そもそも一度収穫してから再び土に埋め直すという工程上、収穫するまでに二年の歳月を要するのだ。

堀川ごぼうを十分水に晒《さら》した後、タワシでよく擦《こす》って泥を落とす。

「へえ、ほんとに中が空洞なんだ」

切ると分かるのだが、堀川ごぼうの最大の特徴は普通のごぼうと違って芯《しん》の部分が空洞になっていることだ。こんなごぼうは見たことがないので、それだけでも興味深い。

二センチほどの厚みで輪切りにしたら、水にぬらして耐熱皿に並べ、ラップをして五分ほどレンジにかける。

次に牛ひき肉とみじん切りにした玉ねぎ、人参を練ってタネを作る。

調味料は塩、ブラックペッパー、ナツメグ、フェンネルシードだ。たくさん作って余剰分は冷凍庫のストックになる。

レンジで軟らかくなったごぼうが冷めたら、真ん中を竹串《たけぐし》でくり抜く。

こうして下ごしらえをしていると、自然と集中して何も考えなくなるのがいい。そして集中している時ほど出来もよくなる。

堀川ごぼうの特徴は普通のごぼうよりも香り高く柔らかいことだ。確かに真ん中に空洞があるので手触りも大きく違う。

時折ブィヨンの鍋をかき混ぜつつ、くり抜いたごぼうの穴の内側に小麦粉をまぶす。中に先ほど作ったタネを詰め、両面に小麦粉をつける。

手順で言うと、イタリア料理のオリーブの肉詰めフライに近い。

そもそもイタリア人は、色々なものに肉を詰める。トマトは勿論《もちろん》の事、オリーブやズッキーニ。果てにはパスタにまで詰める。

ファルシと呼ばれる肉詰め料理の歴史は古く、それこそ古代ローマの時代から、イタリア人は何かに肉を詰めて食べていた。

それが回り回って京都の伝統的な野菜にまで肉を詰めていると思うと、妙なおかしみを感じる。

『早く食べたいぞ』

タネを作っている段階で、既にラーゴはこんなことを言っていた。

今日は料理に時間をかけると決めているので、可哀相だが我慢してもらおう。

出汁をとっていた鍋を最後に中火にして一度沸騰《ふっとう》させ、灰汁《あく》を取ってブィヨンは完成だ。

鍋のまましばらく冷ましつつ、別の鍋でくり抜いたごぼうの残りと出来立てのブィヨンを使ってポタージュを作る。

一方肉詰めの方は、酒、みりん、醤油《しょうゆ》、砂糖を混ぜたたれを作る。

フライパンでしっかり焼いたごぼうにかけるようにたれを入れ、強火にして煮詰めていく。

この時、焦がさないように十分注意が必要だ。

こうして三時間近くかけて、真澄はブィヨンの他に堀川ごぼうの肉詰めと、ポタージュを完成させた。

台所には、ごぼうの肉詰めのために作った照り焼きだれの甘辛い香りが、おいしそうに漂っている。

ここに残っていたお漬物と炊き立てのご飯を添えて、今日の昼食の完成だ。

蓮爾が作業部屋を出て居間で休んでいた。ちょうどひと段落ついたところなのかもしれない。

「お昼ごはんにしますか？」

「ああ。いい香りだな」

焦げた醬油の香りは、どうやら蓮爾の好みにも合うようだ。三人分の料理をよそっていると、真澄から離れたラーゴが居間に向かった。

『さては、飯のために出てきたな』

よせばいいのに、そうして意地の悪い茶々を入れる。作業のために寝食を忘れる蓮爾が、そんなことするはずないのに。

蓮爾はどうせ無視するだろうと食事の用意を続けていたら、驚いたことに返事があった。

「そうだな」

短い言葉だが、思わず真澄の手が止まる。たったそれだけのことで、なぜだかとても嬉《うれ》しくなってしまった。

「お待たせしました～」

お盆で料理を運んでいたら、ポケットに入れていたスマホが鳴った。真澄はマナーモードにしておかなかったことを後悔した。どうせまた母からの電話に違いないのだ。

一瞬無視してしまおうかとも思ったが、蓮爾の前でさすがに無視するのはおかしいだろう。

「気にせず出ていいぞ」

雇い主として蓮爾は寛大だ。

だがこう言われてしまっては、電話に出ないわけにいかなくなってしまった。

「先に食べていてください」

そう言って部屋の隅に移動しつつ、画面も見ずに通話マークをタップした。

『三輪さん？』

お母さんと言いかけた口が、耳から入ってきた声でぴたりと止まる。

どうせ電話をかけてくる相手なんて母だけだろうと高をくくっていたのだが、その声は明らかに母とは違う女性のものだった。

慌てて画面を見ると、黒い画面には『オーナー』と書かれていた。この名前で登録しているのは、現在失踪《しっそう》している椎名正嗣ただ一人だ。だが通話口の声は、明らかに女性の声だった。

「どちら様ですか？」

問い返すが、スマホから返ってくるのは沈黙だった。背中にぞわぞわと寒気がする。一体何者がかけてきているのだろう。

真澄はそうだったらいいという願いを込めて、椎名の妻の名前を口にした。彼女であれば最後に店に行った時に顔を合わせている。

「由紀さん……？」

恐る恐る問いかけると、ようやく返事が来た。

『ごめんなさい。少し電波が悪かったみたい。移動したんだけど聞こえる？』

その時、真澄は心底ほっとした。電話の相手が椎名の失踪に関わっている相手だったらどうしようと、そう危惧《きぐ》していたのだ。どうやら取り越し苦労だったらしい。

「大丈夫です。お久しぶりです由紀さん」

『お久しぶりじゃないわよ。あなた今どこにいるの？』

咎《とが》めるようなその問いに、真澄は首を傾げた。

そもそも彼女とは雇い主の妻というだけの間柄で、住所を伝え合うほど親しい付き合いをしていたわけではない。

「え？　今は京都にいますけど……」

『京都？　どうしてそんな……おうちが火事になったって聞いて、びっくりして連絡したの。とりあえず元気そうでよかった』

どうやら真澄の苦境を知って、連絡をくれたようだ。放火の疑いのことで、警察から連絡がいったのかもしれない。

「ご心配をおかけしてすみません」

東京の人間関係は希薄だと思っていたが、全然そんなことはなかったのだと真澄は思い直した。

『無事ならいいの。こちらこそ突然電話してごめんなさいね』

「いえ、ありがたいです」

『そっちはどう？　京都だと今は凄《すご》い人でしょう？』

紅葉の季節だ。確かに彼女の言うように、平日休日問わず観光客の姿はよく見かける。だが工房がある辺りはそこまでではない。たまに迷い込む人がいるくらいだ。

「そうですね。今は嵐山の辺りにいるんですけど、本当に毎日凄い人です」

『嵐山！　奇遇ね。近々近くに行く予定があるの。よかったら会って話せる？』

由紀の提案は真澄にとって意外なものだった。

だが彼女の夫について何か直接聞きたいことがあるのかもしれないと思い、真澄は了承して電話を切った。

そうしてちゃぶ台に戻ると、一人と一匹が食事している。

「先にいただいている」

黙々と食べる蓮爾に対し、ラーゴは夢中になって料理を食べていた。

温かいうちに食べてほしいので、むしろ先に食べていてくれてよかったと思った。

「すいません。気を遣わせてしまって」

「いや」

蓮爾は詮索《せんさく》するでもなく、食事を続ける。真澄もそれに倣って料理に手を合わせた。

＊＊＊

その夜のことだ。

真澄は夢を見た。

それは酷《ひど》く不気味な夢だった。

真澄は東京にいて、休業になったはずの店で働いていた。

店の厨房《ちゅうぼう》で腕を振るっていると、見覚えのある客がやってきた。関根だ。

ストーカー疑惑のあった因縁の相手である。オーナーである椎名から絶対厨房から出ないように言われ、真澄は厨房の隅で料理を続けながら、気まずい思いを味わった。

その時はっと我に返る。

おかしいというなら、この状況全てがおかしい。

店はもう営業していないし、椎名だって姿を消して捜索願が出されているはずだ。なにより、京都にいるはずの自分がどうしてここにいるのか。

ありえない状況に、真澄はこれが夢であると気が付いた。夢だとしたらこれは悪夢だ。一刻も早く目を覚まさなくてはならない。

「ふざけるな！」

大声が聞こえ、フロアを覗《のぞ》くと、困惑する関根に椎名が殴りかかっているのが見えた。近くにいるウェイターが慌てて止めている。

これはかつて起こった出来事だ。営業中やってきた関根に対し、注意と言う名目で椎名が殴りかかろうとした。

「やめてください！」

店の中に、聞き覚えのない声が響いた。何かと思ってそっちを見ると、驚いたことにそこにはコックコートを着た真澄の姿があった。

そうだあの日、我慢できなくなり真澄は厨房を飛び出したのだった。自分の声であれば、聞き覚えがなくても道理だ。

真澄は関根に対して何度も頭を下げ、椎名の非礼を詫《わ》びている。一方椎名はといえば、ホールにいたウェイターに止められていた。

「ねえねえ、絶対おかしいよね」

過去の光景に呆《あっ》気《け》に取られていた真澄の近くで、アルバイトの女の子たちがこそこそと立ち話をしていた。

「三輪さんがストーカーされたくらいで、あそこまでする？」

「普通じゃないよ。彼氏でもあるまいし」

真澄は驚いていた。従業員にこんな風に思われていたなんて、当時は考えもしなかった。

「でもオーナーって結婚してるんだよね？」

「三輪さんに付き合って警察に相談行った日、結婚記念日だったらしいよ」

「ありえない！　親切心だとしても最低」

「ねー」

「もしかしてあの二人、デキてるんじゃないの？」

「人は見かけによらないわ。三輪さん大人しそうなのに」

女の子たちの話は盛り上がるばかりだ。

一方で、真澄は酷く衝撃を受けていた。まさかオーナーとの不倫を疑われていたなんて、想像すらしていなかった。

あの日が結婚記念日だったというのも初耳だ。

いや、所詮《しょせん》は夢なのだが。

でも自分の考えが足りなかったせいで、椎名夫妻にどれだけ迷惑をかけたのか。改めて考えるとひどく落ち込んでしまう。

思わず俯《うつむ》いていたら、女の子たちの声がやんだ。

どうしたのだろうと顔を上げると、彼女たちは厨房にいる真澄に気付いたように真っすぐこちらを見ていた。

そしておかしなことに、その顔にはパーツと呼べるものが口しかなかった。その顔の上半分はどちらも卵のようにつるりとしていた。

真澄は驚きのあまり、後退《あとじさ》ろうとして尻《しり》もちをついてしまった。

悲鳴をあげようとするが、恐ろしさのあまり声が出ない。代わりにカチカチと歯が鳴る。

二人がこちらに近づいてくる。

大きな口から涎《よだれ》を垂らし、長い舌で舌なめずりをしている。

その時に思い出した。あんな女の子たちは店にいなかった。ホールに三人も人がいるほど、広い店ではなかったのだ。

「ひっ」

早く夢が覚めてくれと願いながら、真澄は立ち上がる。あちこちにぶつかり、ステンレス製の大きな計量カップがガラガラと音を立てて床に落ちた。

女の子たちにはもはや人間だった頃の名残はなく、四《よ》つん這《ば》いになって獣のように真澄に襲い掛かってきた。

悲鳴を上げることすら叶《かな》わない。

恐ろしさのあまり目を瞑《つぶ》り、虫のように身を縮こまらせる。

だがおかしなことに、それからいくら経っても何も襲ってこない。

もしかしたら夢から覚めたのだろうか。そう思って薄く目を開くと、そこはまだレストランの厨房のままだった。

ただ唯一想像と違っていたのは、厨房に新たな人物が出現していたことだ。真澄は目を見開き、呆気に取られて目の前の光景を見つめた。

そこに立っていたのは白い青海波《せいがいは》文様の着物を着た、髪の長い男だった。彼はまるで真澄を庇《かば》うように、こちらに背を向けて化け物との間に立っている。驚いたのは、男の髪が白銀に輝いていたことだ。その髪は初雪のように白い。

どうやら男のお陰で、真澄は襲われずに済んだようだった。一瞬の内に何が起こったのか、女たちは苦しむように床の上をのたうち回っている。

きっとこの男もまた、人間ではないだろう。

そう思いつつ、真澄は男の顔が見たいと思った。なぜだか猛烈にそう感じた。

ゆっくりと男が振り返る。長い前髪に遮られ、その顔はよく見えない。なのになぜか、知っている相手のような気がした。

手を伸ばす。

どうしてもその顔が見たかった。恐ろしいはずなのに、真澄は男に向かって手を伸ばした。

それに気づいた相手が、少しだけ顔を上げる。その反動で髪が揺れ、男の顔を少しだけ垣間見《かいまみ》ることができた。

染み一つない白い肌に、白く長いまつ毛。女性と見まごう美貌《びぼう》だ。それは中性的な美しさでありながら、鼻筋の通った男らしさが同居していた。

知り合いに、このような相手はいない。芸能人を含めても、真澄は彼のように美しい人を知らない。

けれど確かに、知っていると思った。

場所はいつの間にか厨房ではなく、凍える雪原になっていた。見渡す限り何もない丘陵に、白い雪が降り積もっている。

真澄の記憶は瞬時に遠い過去に引き寄せられる。けれど記憶が戻るよりも前に、男は降りしきる雪の中に消えてしまった。

真澄は茫然《ぼうぜん》と、ただ一人その場に取り残された。

＊＊＊

「うわ！」

飛び起きると、そこは寝泊まりしている工房の一室だった。

心臓が飛び出そうなほどに激しく脈打ち、息も荒くなっている。肌寒いほどなのに、びっしょりと寝汗をかいていた。思わず自分の体を抱きしめる。

『真澄。大丈夫か？』

見ると、すぐそばでラーゴが泣きそうな顔をしていた。

『凄《すご》くうなされていたぞ。何があった？』

どうやらよほどひどかったようだ。ラーゴは眠りが深く、いつもちょっとやそっとのことでは起きたりしないのに。

「……だいじょうぶ」

咄嗟《とっさ》にそう返事をしたものの、自分でも大丈夫じゃないのは分かっていた。夢の中の出来事が、今もまだ瞼《まぶた》に張り付いているようだ。

『水！　水持ってくるな』

そう言って、ラーゴは四つん這いになり台所に駆けて行った。

気遣いはありがたいが、あの足でどうやって水を持ってくるのだろう。そんなことを考えていたら、少しずつ気持ちが落ち着いてきた。

電気をつけて、一息つく。そこには寝る前と同じ光景が広がっていた。

どうしても、考えてしまうのは前の職場のことだ。

実際にあんなバイトはいなかったが、ストーカー騒ぎの際オーナーである椎名に世話になったのは本当だ。

当時は他人のことまで考える余裕はなかった。なので由紀に不快な思いをさせていた可能性は否定できない。もし彼女が本当に京都に来るのなら、誠心誠意謝ろう。今からでも、できることがあるとしたらそれしかない。

そこまで考えたところで、家の中からガタガタと大きな音がした。ラーゴが水を注ごうとして失敗したのだろうか。

だがすぐに、そんなはずはないと気づく。音がしたのは玄関の方角で、台所とは真逆の方向だからだ。

思わず夢の中の恐怖を思い出してしまい、真澄は身を縮こまらせた。

玄関の鍵《かぎ》が開く音がして、靴を脱ぐのすらもどかしそうにどたどたと足音が近づいてくる。

突然のことに身動きもできずにいると、勢いよく襖《ふすま》が開け放たれた。

「無事か！」

驚いたことに、そこに立っていたのはひどく慌てた様子の蓮爾だった。

部屋の中の空気が止まる。真澄の頭は真っ白になった。

すると立ち尽くす蓮爾の後ろから、二本足で歩きながら湯飲みを持ってラーゴが歩いてきた。

『なんだ蓮爾。夜這いはもっと静かにするもんだぞ』

ラーゴの言葉に、立ち尽くす蓮爾の顔が引きつった気がした。彼は慌てて否定しようとするが、言葉が見つからないらしい。

「ち、ちが」

その反応に構わず、ラーゴはとたとたと真澄のもとにやってきて、水の入った湯飲みを渡した。

「あ……ありがとう」

とりあえず湯飲みを受け取り、水を飲んだ。冷たい水が喉《のど》に流れ込むとかなり落ち着いた。

「す、すまない」

蓮爾は今まで聞いたこともないような大声で謝罪し、慌てたように襖を閉めた。

水を飲んで一息ついた後、真澄は上着を着て布団を出た。

そして襖を開けて部屋から出ると、まるで叱られた子供のように、蓮爾が所在なさげに立ち竦《すく》んでいた。

＊＊＊

例の見られているという感覚はなくならないまま、一週間が過ぎた。だがそこまでくるともう慣れてしまって、気にならなくなってきた。

「ラーゴは何も感じないの」

そう問いかけてもみるのだが、四六時中一緒にいるラーゴですら気づかないらしい。

ラーゴはつぶらな瞳《ひとみ》でこちらを見上げ、首を左右に振った。

もっとも、カワウソなのでどこまでが顔でどこからが首なのか、外からは判断がつかないのだが。

気配を感じるようになったのは、広尾に会った日からだ。あの日広尾が突然工房に現れたのも、無関係とは思えない。

真澄は意を決して、あの日の真相を確かめることにした。あの日彼女が流した涙の理由も、できるなら教えてもらいたい。

蓮爾は朝から出かけている。

戸締りをしっかりと確認し、真澄は工房を出た。時刻は昼過ぎ。夕食の下ごしらえは昼食を作る時に一緒に済ませた。時間的な余裕は十分にある。

記憶にあるままに道を進むと、やがて観光客の多い通りに出くわした。これを抜けた先のはずだ。狭い道を埋め尽くす集団に埋没しながら、緩い上り坂を登っていく。

人がたくさんいるからか、寒さは感じない。

記憶にある道をたどると、やがて見覚えのある竹穂垣にぶち当たる。

前回は周囲に人けなど全くなかったが、今日はこの建物の周囲にも多くの観光客が見られた。

門の前には、『祇王寺《ぎおうじ》（往生院《おうじょういん》）』と書かれた立て看板が立っていた。これも前回は気づかなかったものだ。

「ぎおう……」

その言葉には覚えがあった。

広尾が真澄に向かって、泣きながら口にした言葉だ。

様とつけていたので人の名前かと思っていたが、建物の名称だとは思わなかった。だがその疑問は、立て看板を読み進めることで自然と解決した。

寺の名前になっている祇王とは、かつて平清盛《たいらのきよもり》に仕えた白拍子だったのだ。白拍子とは、少年のような水干姿で歌や舞を披露する女を言う。それが当時の流行だった。

平清盛は権勢を誇っており、彼の寵愛《ちょうあい》を受ける祇王は他の芸人たちから大変羨《うらや》ましがられた。彼女は妹の祇女《ぎじょ》や母の刀自《とじ》と共に何不自由ない暮らしをしていた。

ところがある時、仏御前《ほとけごぜん》と名乗るうら若き白拍子が清盛の屋敷を訪れ、どうか舞を見てほしいと頼む。

祇王に夢中の清盛は、仏御前と会おうとはしなかった。しかし祇王はまだ若い仏御前を憐《あわ》れみ、清盛にどうか仏御前と会うようにと取りなしたのだ。

仏御前の歌や舞は大変素晴らしく、清盛は一瞬にして心を奪われてしまった。

彼はあろうことか祇王とその家族を追い出し、固辞する仏御前を無理やり自らの屋敷に住まわせるようになった。

悲嘆にくれる祇王。けれど彼女の不幸は、それだけでは終わらなかった。

あろうことか清盛は仏御前の無聊《ぶりょう》を慰めるため、祇王を呼びつけ宴《うたげ》の席で歌うようにと迫ったのだ。

祇王はその無常を嘆き、この地に移り住んで草庵《そうあん》を結び、母や妹と共に尼となった。

その後、清盛の祇王への仕打ちを目の当たりにした仏御前もまた、出家したいと逃げるようにこの地にやってくる。

祇王は仏御前への恨みを忘れ、仏御前を加えた四人はその後は死ぬまで念仏を唱えて過ごした。

これが、平家物語にも語られる祇王の物語だ。

順番を待って拝観料を払い、敷地の中に入る。そこには、広尾の棲《す》み処《か》とよく似た光景が広がっていた。

違いがあるとすれば、それは倹《つま》しい草庵が平屋の邸宅になっていることくらいか。

一週間しか経っていないのに、同じ場所に異なる建物が建っているというのはなんとも奇妙だ。

まして、目の前の邸宅は千年と言わないまでも、褪《あ》せた土壁や角の取れた木材から明らかに歳月が見て取れた。昨日今日建った建物ということはありえない。

結局真澄は広尾との再会を果たすことはできず、日が暮れる前に帰路についた。

ただ、祇王寺に祀《まつ》られている四体の仏像が、穏やかな顔をしていたことになぜか救われた気がした。

そして祇王寺からの帰り道。

考えがまとまらずぼんやりとしながら歩いていると、突然スマホの着信音が鳴り響いた。

驚いて相手も確認せずに電話に出ると、スマホの向こうから聞こえてきたのは雑音交じりの声だった。

＊＊＊

工房につくと、蓮爾はバンから降りることなく、たばこを一本ふかし始めた。

もうほとんど吸うことはなかったのに、朝から考えがまとまらずつい手が伸びてしまった。

仕事はひと段落ついて、いくつかの作品を水元《みずもと》に預けてきたところだ。

水元というのは友禅を水洗いする専門の職人で、のりを置いて引き染めが済んだ反物は、蒸して色を定着させたのち流水でのりや不純物を洗い流すという工程が待っている。

ほとんどの工程を自ら行う蓮爾だが、水洗いだけは大掛かりな設備が必要なため自分でやるのが難しいのだ。

かつては京都市内の川のあちこちで見られた着物を水洗いする友禅流しも、今では水質汚染を理由に川の利用が禁止されている。

蓮爾が懇意にしている水元は、地下水をくみ上げそれに機械で水流を作り出すことで、川を再現していた。こんなことは個人にはとても無理だ。

水洗いが済んだら、物によって刺繡《ししゅう》を入れたり金彩を施すことで京友禅はようやく完成となる。

ずっと手掛けていた作品がひと段落ついて、ほっとした。

だがそれは同時に、今まで逃げていた事柄と向かい合わなければいけなくなったことを意味していた。それこそが煙草に手が伸びた原因でもある。

若い同居人が工房で暮らし始めてから、思い通りにならないことが増えた。どんな運命のめぐりあわせだろう。もう二度と、彼女に会うことはないと思っていた。

自分のテリトリーに彼女がいる。そのことが蓮爾を激しく動揺させた。とっくに忘れたはずだった。二度と思い出さないはずだった、のに。

蓮爾はもうずっと長い間、一人で生きてきた。

だから毎日誰かと顔を合わせるのが慣れないし、今ではそれが真澄であるという事実が、蓮爾を困惑させていた。

彼女は蓮爾の手掛ける革財布を求めて、工房にやってきた客だった。そのような客の数はそう多くない。多くは霧夜のように、封じた妖怪《ようかい》によって得られる利益を求めていて、デザインなどにはあまり頓着《とんちゃく》しないのだ。

だからこそ、純粋にデザインが気に入ったという真澄は、かなり稀有《けう》な存在であると言える。

そもそもあの財布のシリーズは、顧客である革製品ブランドの社長に持ちかけられ、ごく小ロットで生産されたものだった。

それが目の届かない誰かの手に渡ることや、真澄のようにデザインに惹《ひ》かれわざわざ京都まで来る人間がいるなど、想像だにしないことだったのだ。

だが、蓮爾にとっての想定外は一つではなかった。

財布に封じていたカワウソが解き放たれたのも、真澄に懐いてしまったのもそうだ。更には隣家の倉持まで、真澄を泊めてやれという。そうこうしている内に、今度は彼女の家が火事で全焼してしまった。

もはやここに真澄をとどめ置くために、特殊な力が働いているようにしか思えなかった。

そして頭の痛いことに、蓮爾はその特殊な力について心当たりがあるのだ。それは宿命という、あまりにも厄介な心当たりだ。

思わずため息が出る。作業部屋に戻っても、ちっとも作業が進まない。

蓮爾は初め、真澄を遠ざけようとしていた。ただの人間が自分と関わるべきではないと、そう考えていた。

真澄との因縁に気付いたのはその後だ。

だが気づいたとて、一体何ができるだろう。毎日彼女の作る食事を食べながら、その生活に少しだけ力を貸しながら、自分に問い続けてきた。

関わるべきではないと思いながら、離れがたいと思っている。その感情を否定しきれないのだ。

「俺は……」

考えがまとまらないまま、蓮爾は力なく筆を置いた。

落ち着かず、水でも飲もうと作業部屋を出る。

工房のために借りている家の中は、ひどく静まり返っていた。以前はこれが当たり前だったのに、これほど静かだと不安になるのはなぜなのか。

足早に台所に向かうと、そこに真澄の姿はなかった。猛烈に嫌な予感がして、蓮爾は家の中を捜し回る。しかしやはりというべきか、そこには騒がしいカワウソも、真澄の姿も見当たらなかった。彼女がいつもつけているエプロンも、たたんでちゃぶ台の上に置かれている。

少し出かけているのだろう。

そう自分に言い聞かせるが、嫌な予感はどんどん大きくなるばかりだ。そして忌々しいことに、この類《たぐい》の予感を蓮爾は外したことがない。

蓮爾は頭に巻いていた手ぬぐいを外すと、雪駄《せった》をひっかけて家を出た。いつの間にか太陽は傾き、今にも山の稜線《りょうせん》に隠れようとしていた。

第六章

運転中なのか、蓮爾が電話に出ない。

申し訳ないが人と会うことになったので夕食を先に済ませてほしい旨を留守電に残し、真澄は電話を切った。

場所は京都駅前。近代的な駅舎は真澄を威圧するように見下ろしている。

『ますみ？』

ラーゴは慣れない場所に不安そうにしている。それでも、さきほどから落ち込んでいる真澄を気遣ってくれている。

夕暮れが迫っている。

真澄は肌寒さを覚えて上着を掻《か》き合わせた。ひどく緊張していた。今からやってくる人物が一体どんな顔をしているだろうかと。自分をどう思っているのかと。

返す返すも、自分は鈍感だった。目の前の仕事に夢中になりすぎて、周りが見えなくなっていた。

例の夢を見てようやく、認識したほどなのだから。自分が椎名の妻に、由紀に恨まれているかもしれないと。

勿論《もちろん》、取り越し苦労で済むのであればそれに越したことはない。

由紀が無理に真澄に会おうとする理由も、正嗣が失踪《しっそう》したことも、全ては偶然の一致に過ぎないと。

「真澄ちゃん、よね？」

声をかけられ、真澄は心臓を摑《つか》まれたような心地がした。

顔を上げるとそこには、にこやかな笑みを浮かべる由紀が立っていた。

＊＊＊

夕食時、駅前のお店はどこもいっぱいだった。

「すみません。予約しておけばよかったですね」

真澄が謝ると、由紀は気にするなとばかりに手を振った。

「突然呼び出して、こっちこそごめんなさいね。やっと時間ができたから」

なんとかチェーンのカフェに席を見つけ、腰を落ち着けることができた。最後に別れた時より、由紀の顔色は大分いいようだ。

心配は杞憂《きゆう》だったと、真澄は胸をなでおろした。もし彼女が真澄を恨んでいたら、こんな笑顔を向けてくることも、わざわざ会いに来ることもないだろう。

「それにしても、どうして京都に？」

由紀のもっともな質問に、真澄は苦笑いを浮かべるしかなかった。

「何となくだったんですが帰るに帰れなくなって」

まさかラーゴについて話すわけにはいかない。だがそれ抜きで説明しようとすると、なんともぼんやりとした理由になってしまうのだ。

だが、由紀は真澄の意図と違う受け取り方をしたらしい。彼女は眉《まゆ》を顰《ひそ》め、痛ましそうに真澄を見た。

「そうよね。おうちがあんなことになったら怖いわよね」

真澄の住んでいたアパートは、火事で燃えてしまっている。保険会社にも連絡して家財保険が下りるのか判断を待っているところだ。

警察からも、あれ以来音沙汰《おとさた》はない。

「火事の原因は分かってるの？」

「あ……放火の可能性があるって、警察が」

「え？　そんな……」

由紀はショックを受けたように眉を寄せる。多分真澄も、これが他人の出来事だったら同じような反応になっていただろう。

だが現場を見ていないせいか、未《いま》だに実感が乏しいのが実情だった。だって、真剣に向き合うのは恐ろしすぎる。

誰かが自分を恨んで火をつけたのだとしたら——そこまで考えたところで、真澄ははっとした。

自分を恨んでいる人間に心当たりなどない。これは本当だ。

だがそれは自分が気付いていなかっただけで、本当は沢山恨みを買うようなことをしてきたのかもしれない。

昨日見た夢のように、見方を変えれば物事はひっくり返る。

真澄は椎名夫妻のことを面倒見のいい雇用主で仲のいい夫婦だと思っていたけれど、実はそうではなかったのかもしれない。

「由紀さん」

真澄は勇気を出して切り出した。

話を蒸し返すことになるのかもしれない。この話をするのは無神経なのかもしれない。自分が楽になりたいだけで。

一瞬の間に様々な考えが頭を巡る。

だが既に声に出してしまった以上、彼女に伝えなければ。

由紀に会うのは、これが最後になるのかもしれないから。

「私無神経で、きっといっぱいご迷惑おかけしてましたよね」

「え？」

突然何を言い出すのかと、由紀は驚いていた。

「ストーカー騒ぎの時に……私がちゃんとしてないせいで、本当に椎名さんにご迷惑をかけて、よく考えたら由紀さんにも不快な思いをさせたんじゃないかって」

必死に言葉を絞り出すが、うまい言い回しが見つからない。何を言っても嫌みに聞こえてしまいそうで。

言葉で伝えるにしても、もっと慎重に、あらかじめ文言を考えておくべきだったと真澄は後悔した。

ただでさえ傷ついている由紀の、過去の傷を抉《えぐ》ってしまうのではないかと。

もっともすべては杞憂で、真澄の自意識過剰である可能性も十分にある。思わず俯《うつむ》いてテーブルを見てしまう。由紀の目を見ることができなかった。

すると店内のざわめきに混じるようにして、対面に座っている由紀が小さく笑った気配がした。

「やだ。そんなこと気にしてたの？」

真澄は弾《はじ》かれるように顔を上げた。由紀は呆《あき》れたように笑っていた。

「そうだ。そんなことより今日は真澄ちゃんに確認してもらいたいものがあってね」

そう言って、由紀は鞄《かばん》の中をあさって十インチほどのタブレットを取り出した。傷つかないよう、きちんと合皮でできたカバーがかけられている。

由紀は画面を操作すると、見せたい画面にできたのかテーブルの上にタブレットを置いた。

由紀の反応にほっとしつつ、まだ落ち着かない気持ちでその画面を覗《のぞ》き込む。

表示されているのはどうやら写真のようだ。よく磨かれたフローリングの上に、こまごまとした小物が並べられている。

小物と言っても価値のある物はそう多くなく、ほとんどがごみのようなものだ。ストローの袋を結んだものや、使用済と思われる割りばしの片方。くせのついた使い捨てのマスク一枚といったように、そのほとんどはごみ箱の中身を床にぶちまけたような写真である。

ところがその画像の中に一つだけ、見覚えのあるものがあった。

「あ、これ」

真澄は画面の中のお守りを指さした。

それは地元の神社で買い求めた、大願成就のお守りだった。鮮やかな山吹色で、真澄の地元の神社の名前が刺繡《ししゅう》されている。間違いない。

紐《ひも》が千切れているので、それで鞄からいつの間にか落ちたのだろう。それにしても、お守りがごみに紛れている様を見るのは、ひどく罰当たりな気がして居たたまれなくなる。

「私のものです」

「やっぱり。〇〇神社ってどこかなと思って調べたら、真澄ちゃんの地元みたいだったからもしかしてと思って」

まさか、このお守りを渡すために京都まできてくれたのだろうか。真澄は驚いて顔を上げた。

「見て。こっちも」

由紀は画面の上をスワイプした。どうやら今の画像はもっと大きな画像の一部分らしかった。

今度は小物ではなく、少し大きな物品が並ぶ。壊れたビニール傘。片手鍋《なべ》の取っ手の部分。ほつれたマフラー。金具の取れたキャラクターのストラップ。

真澄はその時、心臓が飛び出しそうになった。

それは最後に目をやったストラップに、またしても見覚えがあったからだ。それはストーカー騒ぎの時になくなった物の一つで、今まで関根が持っているものと思っていた。

暖房が効いているというのに、真澄は震えが止まらなくなった。どうして上着を脱いでしまったのだろう。体の芯《しん》まで冷えてしまいそうだ。

真澄は恐ろしくて、顔を上げることができなかった。目の前の画面にこれ以上何が出てくるのか、知りたくないと思った。

「それとね」

またも、由紀の細い指が画面をスワイプする。

映し出された画面には、今までと違い雑然と物が散らばっていた。シミのついたコックコートやひもの切れたエプロン。使い切ったリップに、事務所にあるオフィスチェアにのっていたはずのへたったクッションまで。

何もかも、見たことがあった。

全て真澄の身の回りにあったもので、なくしたと思っていた物たちだ。

『ますみ?』

ずっと膝《ひざ》に手を置いて俯いている真澄を、ラーゴは奇妙に思ったようだ。

どうしてと、由紀に問う勇気はなかった。どんな答えが返ってくるのか、想像することすら恐ろしい。

けれどそんな真澄の様子に構わず、由紀は明るい調子で話し続けた。

「散らかってるでしょ。言っても全然片付けてくれなくて」

誰がかなんて、聞きたくない。今すぐこの場から逃げ出してしまいたい。

「私たちね、高校の時に出会ったの。お互い初恋でね。あの人にはお店をやりたいって夢があって、それに向けて二人でお金を貯めて――」

何も知らない頃なら、素敵な話だなと思えただろう。

けれど今は相槌《あいづち》を打つことすらできなかった。由紀の話がどこに着地するのか、真澄は死刑宣告を待つ被告人のように、ただただ奥歯を嚙《か》みしめていた。

「どうしてこんなことになったのかな……」

見たくない。見たくない。見たくない。

そう思いながらも、見ずにはいられなかった。混みあった店内にいるはずなのに、どうして辺りはこんなにも静まり返っているのだろう。

「……っ！」

真澄は喉《のど》の奥で悲鳴を押し殺した。

由紀がピンチインして縮小した画面には、先ほど見せられた品々が散らばる部屋に、倒れる正嗣の姿があった。

真澄は思わず両手で口を押さえる。

正嗣の体の下には赤黒い血だまりができていた。なによりそのお腹には、彼が愛用していた包丁が突き刺さっている。

酸っぱいものが食道をせりあがってくるのを、どうにかこらえる。

自分の押し殺した息が、大音量で聞こえた。お店のBGMは一体どこへいったのだろう。誰でもいいから、この空間をぶち壊してくれればいいのに。

「ねえ」

由紀の優しい呼びかけに、真澄はどうしようもない重圧を感じながらゆっくりと顔を上げた。

泣きそうだ。いや、多分既に泣いている。恐怖か、それとも悲しみなのか、判断のつかない感情で心の中がぐちゃぐちゃになる。

その時だった。

ラーゴがいるのとは逆側、空席のはずの隣の席に、なにやら濃密な気配が感じられた。

真澄はそちらを盗み見る。だがやはり、誰もいない。

もう一度視線を己の膝の上に戻す。まるで高地に来たかのように息苦しい。

目の前の出来事に集中しなくてはと思うのに、隣が気になって仕方ない。

「どうして俯いてるの？　ちゃんと見てよ」

由紀の声は平坦《へいたん》だ。怒りすら感じられない。

返事をしなくてはと思うのに、言葉にならなかった。誰かに、太ももを触られた感触がした。ラーゴではない。人間の手のひらだ。

「ふっ、ふっ」

手の中で押し殺した息とは別に、耳元からぞわぞわと冷たく湿った吐息が流し込まれる。

『やっと気づいてくれた』

真澄は悲鳴をあげそうになった。

耳元でのささやき。本当なら聞こえないはずの小さな声。

広尾の言っていた言葉の意味が、この時ようやく分かった。真澄に憑《つ》く複数の霊。

片方は死霊で、片方は生霊。

誰かを激しく恨んだ時、本人が知らずとも生霊として相手に取り憑いていることがあるという。

つまり生霊は、由紀の抱く憎しみが真澄に取り憑いていたのではないか。

そしてもう一方の死霊は——。

耳元で聞こえた声は確かに、目の前の画像に写っているはずの、正嗣のものだった。

＊＊＊

真澄は逃げていた。

夜の京都駅前を疾走する。

まだ浅い時間なので、沢山の人が行きかっている。京都だけあって国際色も豊かだ。

真澄は彼らの引くトランクにぶつかって転びそうになりながら、必死で逃げていた。

何度拭《ぬぐ》っても涙が出る。

由紀をあそこまで壊してしまったのは自分なのだろうか。自分の短慮が原因なのか。

だからってまさか、夫を殺すまで思いつめているなんて思わなかった。

失踪《しっそう》して警察に必死に捜査してくださいと言い募っていたのもまた、彼女だったというのに。

『お前ますみに何をする！』

ラーゴの声が背中を追ってくる。

その言葉からして、真澄を追う由紀を追っているのだろう。

ラーゴの声はそれほど遠くない。つまり由紀との距離もまた、そう離れてはいないということだ。

そうして必死に走る内、真澄はある異変に気が付いた。

止まっている。真澄の行く手にある物全てが。楽しそうに歓談していたはずの観光客も、ロータリーに滑り込んでくるタクシーも。

「え？」

スポーツ選手が極限状態では周りが止まって見えるなどというが、その比ではない。音が消え、これだけたくさんの人がいるのにしんと静まり返っている様は、あまりにも不気味だった。

「なんなのっ」

思わず、一瞬立ち止まってしまいそうになる。

だが、そんな状態でも背中から鬼気迫る声が追いかけてきた。

『ますみ！　止まってはだめだ』

ラーゴの声だ。

その声に背中を押されるように、真澄は走り続けた。

日ごろ走ることなどないから、心臓は悲鳴を上げている。由紀はどうして追い続けることができるのだろう。少なくとも真澄より十は年上のはずなのに。

そこまで考えたところで、ついに真澄の足が悲鳴を上げた。車道を横断しようと飛び出した瞬間、地面の段差に躓《つまず》き激しく転倒する。

膝が擦り剝《む》け、体中が悲鳴を上げた。地面に激しく叩《たた》きつけられる。

それでもなんとか立ち上がろうともがいていると、足音が響いた。

街灯に照らされて、由紀が立っている。その華奢《きゃしゃ》なシルエットは記憶にあるよりも更に細い。まるで彼女の味わった辛酸を表しているかのようだ。

だが何より目を引いたのは、由紀の額から張り出した二本の角だった。白い顔はまるで般若《はんにゃ》の面のようだ。その顔に彼女の面影はない。まるで昔話に出てくる鬼女だ。

真澄は子供の頃に聞いた民話を思い出した。

愛されずとも必死に夫に仕えてきた妻が、夫の不貞を知り鬼女になってしまうという話だ。彼女は夫とその不貞の相手を刺し殺し、最後には自らも命を絶ってしまう。

おあつらえ向きに由紀の右手には、いつの間にか見覚えのある包丁が握られていた。

『逃げろますみ！　こやつはもう人ではない！』

ラーゴは必死に由紀を押し止めようとその顔に張り付いているが、由紀は一向に意に介さない。

『はははははは！』

男のものとも、女のものとも分からない哄笑《こうしょう》が響く。

足が萎《な》えている。だが逃げなければ。逃げなければ死ぬ。いや、死よりももっと恐ろしい。

彼女は包丁を振り上げる。まるでこの時を待っていたとでも言いたげだった。

しかしそうはさせないと、動いたのはラーゴだ。ラーゴは女の顔から腕に飛び移ると、その白く細い腕に噛《か》みついた。

見た目が愛らしいカワウソだが、貝すらもかみ砕く丈夫な歯を持っている。

鬼女は奇声を上げ、包丁を取り落とした。カランカランと薄い鉄がアスファルトを滑る。

せっかくラーゴに作ってもらったチャンスだ。死に物狂いで立ち上がり、そのまま車道を横断しようとした。

ところがそこで、視界が真っ白に染まった。

ハイビームのヘッドライトが、真澄の目を刺したのだ。

エンジン音が聞こえ、止まっていたはずの車が動き出す。真澄は車道の真ん中だ。ひとたまりもない。

鬼女が笑う。高らかに。

真澄は死を覚悟した。必死にあがいてみたけど、もうどうしようもない。できたことなど、目を瞑《つぶ》ることくらいだ。

そして頼りなく立ち尽くす真澄の体を、衝撃が襲った。

＊＊＊

私が生まれたのは、冬になると雪に埋もれてしまうような所だった。

「コン！」

名前を呼ぶと、白い毛皮を持つ狐が雑木林から転がるように飛び出してくる。コンは大切な私の相棒だ。

女童でも野山を駆けまわる私は、変わり者の娘だと言われていた。

草木をかき分け思うがままに踊る。まだ頼りない若狐は、飛ぶようにしてそれについてくる。

コンとの出会いは去年の秋にまで遡《さかのぼ》る。いつものようにこの山に遊びに来て、行き倒れているところを見つけた。どうやら親とはぐれたらしく、私が見つけた時にはひどい怪我をしていた。

私はコンを家に連れて帰り、傷が癒《い》えるまでの間世話をしてやることにした。

春になって傷が癒えたコンを山に帰すのは寂しかったが、いつでもこうして会いに来てくれるので今は寂しくない。

賢そうな額を掻《か》いてやると、コンは興奮したように尻尾《しっぽ》を振った。人と獣であっても、コンはかけがえのない存在だった。

思いついた踊りを、私は最初にコンに見てもらう。

コンは賢いので、うまくできた時はとても大きく尻尾を振るのだ。コンさえいれば、何でもできるような気がしていた。

そうして国司《こくし》である父と優しい母のもと、私は恵まれた幼少期を過ごした。

運命が変わったのは、父が狩りの途中に落馬して命を落としてからだ。

事故として処理されたけれど、殺されたのだと噂する者もいた。都では源氏と平家が権勢を競い合っており、源氏の流れをくむ父は暗殺されたのだと。

だが幼い私には、そんなことは分からない。

頼る者のいなくなった母は、その後私たちを連れて都に帰ることにした。

この土地を離れるということはつまり、コンとの別れを意味していた。辛《つら》い別れだった。

都での生活は貧しかった。母の父は既に亡く、男手のない家では誰かが稼ぎ手とならねばならない。

私は水干を纏《まと》い、舞を見せて銭を得る白拍子となった。生きていくため、金になることならばなんでもした。

女というだけで好きには生きられぬ時代だ。あさましい白拍子と後ろ指をさされようが、気にしなかった。

そんな私でも舞っている時だけは、心は故郷の山に帰ることができた。

幸い舞の才能があったらしく、やがて平家の頭領である相国《しようこく》様に見染めて頂くことができた。

相国様は大様なお方で、私に屋敷を与え母と妹を住まわせてくださった。

恐ろしいお方だが、私といる時は機嫌がよかった。故郷が洪水になったと聞き塞《ふさ》ぐ私のために、人をやって水路を整えてくださった。

私はこの大恩に報いるため、命尽きるまで相国様のために尽くそうと思っていた。

あの頃の私は、何も分かっていなかったのだ。人の心は移ろい、運命は容易《たやす》く道をたがえるということを。

ある時六波羅《ろくはら》の屋敷に、水干を纏ったそれはそれは美しいおなごが訪ねてきた。彼女は仏御前と名乗り、聞けば相国様にお目通りしたいという。

相国様は追い払えと仰《おっしゃ》った。

私以外の白拍子を手元に置く気はないと。

私が相国様に仏御前と会うよう勧めたのは、彼女の舞を見てみたいと思ったからだ。

仏御前は色白で、切れ長の目と赤い唇が印象的だった。その踊りは時に荒々しく、しかし時にしなやかで人々を魅了した。足腰が強いのか信じられない程高く跳び上がり、見ている者を驚かせた。

みな息を詰めていたのだろう。舞の終わりには、あちこちからため息が漏れた。

相国様はすぐに、仏御前に夢中になった。だから私が屋敷を追い出されるまでに、そう時間はかからなかった。

惨めだった。出て行くよう言い募る武士に抗《あらが》うこともできず、無念を抱え思わず襖《ふすま》に思いをつづった。

萌《も》え出《い》づるも　枯るるも同じ　野辺の草　いづれか秋に　逢《あ》はで果つべき

花はいつまでも、美しくはいられない。それは私も、仏御前も同じこと。あの美しい娘もまた、私と同じように打ち捨てられる日が来るのだろうか。萌えては枯れる花のように。

何もかもがいやになった私は、俗世から離れ髪を下ろした。そして静かな嵯峨野の森で、家族と共に倹《つま》しくも心穏やかな日々を過ごした。

＊＊＊

頬に風の感触がする。

死後の世界にもどうやら風が吹くらしい。

そんなことを考えながら薄く目を開けると、小さな光の粒がいくつも見えた。

一瞬の間に、とても長い夢を見た気がした。真澄は平安時代の踊り子で、贅沢《ぜいたく》な暮らしをしていた。だがその立場は後からやってきた美しい娘に取って代わられ、尼になるという壮大な夢だった。

訳が分からず目を開けると、そこには沢山の明かりの灯《とも》る京都の夜景が広がっていた。

夢のような光景に、踊り子の自分と料理人の自分。一体どちらが本当なのか分からなくなるほどだ。

そして更に驚いたことに、真澄の体はロータリーの遥《はる》か上空にまで飛び上がっていた。これではこちらが夢と思えても仕方ない。

まるでジェットコースターに乗っているようだ。強風が吹きつけ、臓腑《ぞうふ》を持ち上げられるような不快感を覚える。

混乱した頭で必死に記憶を掘り起こすと、車に引かれて死んだはずという記憶の断片が蘇《よみがえ》った。ならばこれが幽体離脱というやつかと思ったが、どうもそうではないらしい。なにせ肉体がある。それにどこも痛くない。

そこまで確かめたところで、ようやく真澄は自分が誰かに抱えられていることに気が付いた。なにせ真澄のお腹には、がっしりとした腕が後ろから巻き付いている。

そういえば、さっきからちっとも寒くない。視界に白く長い髪がたなびく。その持ち主を探して上を向くと、驚くほど至近距離に男の顔があった。

いや。果たして人と定義していいものか。老人の白髪ならまだしも、こんな風に闇の中で輝く髪は見たことがない。

永遠のように長く感じられたが、おそらくそれは一瞬の出来事だった。

男は駅前にあるホテルの屋上に着地すると、戸惑う真澄から手を離した。足の裏に触れるコンクリートの感触に、どうやら生きているらしいと実感する。

すぐ近くに白く光る京都タワーが見えた。当たり前だが、周囲には男以外に人の姿はない。

「あなたは、夢の……」

動揺を押し殺して、どうにか尋ねる。頭の芯《しん》がしびれたようで、恐怖心が麻痺《まひ》していたのかもしれない。

改めて見る男の姿には見覚えがあった。それはかつて悪夢の中で助けてくれた、白尽《ず》くめの男だった。あの長く美しい白髪を見間違えるはずがない。

だが雰囲気が随分違う。理由は明白だった。以前は白い着物を纏っていたものが、今日は紺色の作務衣《さむえ》姿だからだ。

相手は気まずそうに俯《うつむ》き、一言も発しない。

そして真澄は、あることに気が付いてしまった。それは彼の着ている作務衣に見覚えがあるということだ。

分からないはずがない。その作務衣は昨日真澄が洗った物なのだから。

まさかと思いつつ、なぜか一方で確信があった。

「蓮爾さん、ですよね？」

真澄の問いかけに、男は弾《はじ》かれたように顔を上げた。

『どうして……いや、今はそれどころではないな』

そう言って蓮爾が目つきを鋭くするのと、耳に覚えのある高笑いが轟《とどろ》いたのはほぼ同時だった。

蓮爾は真澄を庇《かば》うように前に出た。

高笑いの主は鬼女だった。

彼女は恐るべき脚力で屋上まで飛び上がると、手にした包丁を真澄に振り下ろそうとした。

ラーゴの抵抗の証《あかし》か、筋張った手には痛々しい噛《か》み痕《あと》が残っている。

ずっと鬼女に張り付いていたのだろう。女の跳躍によって空中に投げ出されたラーゴは、器用に空中で体勢を変え真澄の傍に着地した。

『ますみ無事か⁉』

「う、うん。ラーゴは大丈夫？」

鬼女に対し蓮爾は人間とは思えない脚力で跳び上がると、武器もなく立ち向かっていく。思わず悲鳴が漏れそうになるが、恐れているような事態にはならなかった。

蓮爾は器用に切っ先を避けて相手の手首をつかむと、そのまま鬼女を下敷きにして屋上の上に着地した。

肉がコンクリートにたたきつけられる、痛々しい音が響く。

真澄はその隙に屋上の配管設備を飛び越えて、ラーゴを抱き上げる。

――あたたかい。

妖怪《ようかい》であるはずのラーゴがどうして温かいのかなど、真澄に考えている余裕はなかった。衝撃の出来事の連続で、ようやくほっと一息つくことができたのだ。

だが安堵《あんど》したのもつかの間だった。

屋上に叩《たた》きつけられたはずの鬼女は、折れた肋骨《ろっこつ》が体から飛び出し、折れた腕をぶらぶらと垂らしながらも未《いま》だに殺意を失ってはいなかった。

『ナンデ、じゃまヲする！　おマエもそのオンナがいいのか！』

ぼさぼさになった髪を振り乱し、鬼女が荒れ狂う。その昏《くら》いまなこからは、血の涙がしたたり落ちる。

どうしてこんなことになってしまったのだろう。

そんなつもりはなかった。正嗣の気持ちになど気づかなかった。そう言ったところで、由紀にとってどんな慰めになるというのか。

彼女は度重なる夫の裏切りに傷つけられ、けれど今日までそれを真澄に悟らせることすらしなかった。

本当は怒りたかっただろう。八つ当たりしたかっただろう。どうしても我慢できなければ、真澄をクビにすることだってできたはずだ。

けれど彼女はそれをしなかった。ただただ我慢し続けて、結果としてそれが最悪の結果を生んでしまった。

もう運命を止めることはできない。

正嗣は死んでいる。由紀が殺した。これは動かしようのない事実だ。

ならどうする。ずっと隠れていればいいのか。誰かが解決してくれるのを待つのか。

頼りない子供のように。

真澄は鼻を啜《すす》った。涙が溢《あふ》れて仕方なかった。

考えても仕方のないことだと分かっている。それでも自分さえ彼らの前に現れなければと、思わずにはいられない。

真澄は幸せになりたかった。夢をかなえて自立できる大人になりたかった。

けれどそれは、他人を傷つけてまで叶《かな》えたい夢ではなかったのだ。

ふと、先ほどの白昼夢で見た光景を思い出した。夢の中で真澄は、自ら会うように勧めた若い白拍子によって、栄華を失った。

虚《むな》しく惨めな感情が蘇り、いてもたってもいられなくなる。

きっと由紀も、こんな風に胸を掻《か》きむしるような想いをしたはずなのだ。

「由紀さん!」

真澄は思わず叫んだ。

鬼女の視線が真澄に向かう。

『馬鹿!』

蓮爾の罵声《ばせい》が飛んだ。せっかく彼が鬼女の気をひいてくれたのに、悪いことをしたという自覚はある。

それでも、真澄はラーゴを放ち、震える足で前に踏み出した。

道理など説くつもりはない。道理を説いたところで彼女の幸せは戻ってこない。

「私を殺したら、気が済みますか?」

真澄の問いかけに、鬼女の反応はない。

『やめろ。もう理性なんざ残っちゃいない!』

ラーゴが叫ぶ。このカワウソは優しい。心から真澄を心配してくれている。だから本当は、彼の言うことを聞くべきなんだろう。

「教えてください。どうすればその悲しみが癒《い》やせるのか」

相国様に捨てられ辛い時、仏御前は自分を蔑《さげす》むのではなく、悲しみに寄り添ってくれた。

できるなら、自分もそんな人間でありたい。

鬼女に向けて差し出そうとした手を。蓮爾に摑《つか》まれる。

『一緒に死ぬつもりか？　どこまでお人好《ひとよ》しなんだ』

たしなめるようなその言葉に、咄嗟《とっさ》に言い返す。

「仏御前なら、きっとこうしました」

こんなことを言っても、蓮爾は何のことか分からないだろう。そう思ったのに、彼の反応は想像と違った。

彼は切れ長の目を見開き、虚を衝《つ》かれた様子だった。

『お前、思い出して……』

力が抜けたその隙に、蓮爾の手を振り切って鬼女に近づいた。真澄には悲嘆にくれる鬼女が、かつての自分と重なった。

「教えてください！　私は馬鹿だから、言ってもらえないと分からない。どうすれば気が済みますか？　その包丁で八つ裂きにしたいですか？」

真澄は包丁に目をやった。正嗣を手にかけた凶器だが、同時に故人が生前大事にしていた仕事道具でもある。

料理人にとって、包丁は大切な仕事道具だ。

鬼女の手にあるそれは刃こぼれしていた。料理に使うための道具が人に向けられているのは、なんとも切ない。

「どうしたら、由紀さんは楽になれますか?」

『ううう』

鬼女が唸《うな》る。

真澄が近づくと、まるで狼狽《うろた》えたように後退《あとじさ》る。

その落ちくぼんだ眼窩《がんか》から、血の涙を流し続けて。

『おお、おお……』

鬼女は真澄に包丁を振り下ろすことなく、震えはじめた。彼女の傷から流れる血が、勢いを増す。明らかに様子がおかしい。

彼女は両手で頭を押さえ、苦しみだした。

意味を成さない言葉ばかりが、牙《きば》ののぞく大きな口から零《こぼ》れ出る。苦しみから逃れるためか、女の長い手が周囲の者を誰彼構わず薙《な》ぎ払おうとした。

鋭い爪を持つ大きな手が、風を切って振り下ろされる。その手によって真澄の体は容易《たやす》く弾き飛ばされた。

『真澄!』

まるで車と衝突したような衝撃だ。

全身が痛んで体を起こすことができない。

その上、鬼女の鋭い爪が引っかかったらしく、二の腕がぱっくりと割れ血が溢れ出た。その痛みに思わずうめく。

真澄を覗《のぞ》き込んでいた蓮爾は、まるで覚悟を決めたように鬼女を見た。

彼の周囲に、闇を照らすように火の玉が現れる。一つではない。まるで闇夜に椿の花がいくつも咲いたようだった。そして燃え盛るその炎から、蓮爾の怒りが伝わってくるような気がした。

『ひえ、勘弁しろよ』

真澄を案じて駆け寄ってきたラーゴは、蓮爾の怒りを恐れるようにプルプルと震えた。まるでびしょ濡《ぬ》れになった犬のようだ。

そんな怒りのオーラを隠すことなく、蓮爾は鬼女に歩み寄る。

『惨めだな』

蓮爾の言葉に、鬼女は今その存在に気付いたとばかりに顔を上げた。眼窩から溢れていた血は、いつの間にか涙へと変わっている。

「待って」

真澄は蓮爾を止めるため、彼に駆け寄ろうとした。

だが全身の痛みで、這《は》いずることもできない。どこかの骨が折れているのか、息をするだけで痛むのだ。

そして蓮爾は真澄の制止など、ちっとも聞く気はないようだった。

『せめて楽にしてやろう』

真澄は目を疑った。

蓮爾の右手に、白く透けた巨大な筆が現れる。彼はその筆を片手で軽々と振り上げ、鬼女に向かってかざした。

蓮爾の意図が分からず、真澄は混乱した。けれどラーゴの反応を見るに、あの筆は妖怪《ようかい》にとって恐ろしいものらしい。

「やめて……やめて！」

大きな背中に向けて、真澄は気づくと叫んでいた。

するとそんな真澄の視界を遮るかのように、沢山の白い尾が現れ蓮爾の背中を覆い隠した。

『哀れな鬼女よ。妄執を忘れ我が筆に宿れ』

まるで労《いたわ》るような蓮爾の呟《つぶや》きが、やけにはっきり聞こえた。

そして尻尾《しっぽ》の隙間から、のたうち苦しむ鬼女が垣間見《かいまみ》えた。彼女の体から赤黒い靄《もや》のようなものが発生し、靄は蓮爾の持つ巨大な筆にみるみる吸い込まれていく。

そして鬼女の体は、どんどん薄く儚《はかな》くなっていった。まるで蜃気楼《しんきろう》のようだ。

呆気《あっけ》に取られてその様子を見ていた真澄だが、血を失い過ぎたのか記憶がここでぷっつりと途切れている。

＊＊＊

思えば生まれ落ちた時から、この世はろくなもんじゃなかった。

似て非なるもの。異分子は排除される。俺は生まれつき他のやつらと違った。おかげで親にさえ気味悪がられた。

冬でも身を寄せ合うこともなく。いつも孤独に凍えていた。

あれは何度目の冬だっただろうか。既に親は死んでいた。群れのみんなも死に絶えていた。なのに俺だけが子供のまま。

どうやら俺は、普通ではないようだ。普通よりも長く生きるらしい。そんな命はいらないのに。

だからもういっそ終わりにしようと、高い崖《がけ》から身を投げた。

意識は遠のき、ようやく終わりになるのだと思った。これで楽になれると。

だが自分で思う以上に、俺は普通じゃなかったらしい。

パチパチと火が爆《は》ぜる音で目が覚めた。

冬だというのに温かくて、これが死後の世界かと思った。

だが目を開けて最初に見たのは、大きな目でこちらを見下ろす生き物だった。

『ちちうえ。目を覚ましたみたい』

まだ何も知らないような、あどけない声音だった。どうやら俺は意識を失った後に、あろうことか人間の子供に拾われたらしかった。

人間の子供は嫌いだ。俺を見つけると捕まえようとする。

俺は残った力をかき集めて、その子供に唸った。近づくなと言いたかった。そして大人しく終わりにさせてくれと。

『ちちうえ。うなってるよ』

『そっとしておいてあげなさい。本当なら巣穴で眠っている頃合いだ』

『はいちちうえ』

子供は不思議そうにしながらも、返事だけはいいのだった。

それから毎日、子供は俺に食べ物を運んできた。痩《や》せた野ねずみや魚。木の実の類もあった。どうやらこの子供は、人間の中でも裕福な生まれのようだ。色鮮やかなべべを着て、跳ねまわっているような子供だった。

『コン。はやくおおきくなあれ』

子供はあろうことか、俺にコンなんて名前を付けた。間の抜けた名前だ。呼ばれるたびに力が抜ける。

　そうして冬が過ぎ去り春になる頃には、すっかり死ぬ気も失《う》せていた。

　それよりも俺が見ていないと、子供は飛んで跳ねて転んで泣いてを日夜繰り返していて、本当に危なっかしい。

『コン。お前が見ててくれるから安心だな』

　子供の『ちちうえ』がそんなことを言う。狐になんか任せるなよと思う。

　けれどそうしてあたたかな、まるでまどろんでいるような優しい時間が過ぎた。

　だが神様というやつは、よくよく俺が嫌いらしい。

　ある夜、子供が俺に抱き着いて息を殺して泣いていた。泣くときも笑う時も騒がしいやつだったので、一体何があったのかと驚いたものだ。

『ちちうえがね、ほとけさまになっちゃったんだって』

　全ての感情が抜け落ちたような声で、子供が言った。

　その日の昼、馬のいななきと血の匂いを感じていた。だがほとけという言葉の意味を、その時の俺は知らなかった。

『だからね、もうここにはいられないんだって。みやこにいくんだって』

　子供の言うことが、俺には理解できなかった。どうして『ちちうえ』が死ぬと、こいつがここにいられなくなるのだろう。

こいつの故郷はここで、食べ物も豊かだ。どこかに移る必要なんてない。

そう言いたかったが、いくら吠《ほ》えても子供には伝わらず歯がゆかった。

「あねうえだから、しっかりしなくちゃ。私がははうえといもを守る」

幼いながらに、その目には強い決意があった。

子供が大人になる瞬間を、俺は目にしていたのだと思う。

それから間もなく、子供はこの国を去った。俺を置き去りにして。

もしあの頃に人間に化ける術《すべ》を得ていたら、あいつを行かせたりしなかった。どうしても出て行くならば、俺が付いて行くことだってできたのに。

残念ながら、俺が人の言葉と姿を得たのは、それから数年経った後のことだ。

人に道を尋ねながら、子供が言っていたみやこを目指して、俺もまた故郷の山を離れた。

人目のある所では人に化け、山道は獣の姿で進む。

みやこは遠かったが、どうにかたどり着くことができた。だがそこには今までに見たことがないような数の人間がいて、子供を捜し出すのにさらに何年もの歳月が必要だった。

子供の居場所が知れたのは偶然だ。ある時舞上手の白拍子が、入道《にゅうどう》相国に気に入られ妾《めかけ》をしているという話を聞いた。

相国の入れ込みようは大したもので、白拍子に乞われその故郷に救援を差し向けたらしい。ちょうどその頃、相国の肝いりで俺たちの故郷で治水工事が始まったと聞いた。その白拍子の名は祇王と言って、かつての国司の忘れ形見だという。

その話を聞いて、俺はその白拍子こそあの子供だと確信した。

思えば昔から、舞っているように飛んだり跳ねたりが好きな子供だった。

だが栄華を誇る相国の屋敷など、そう簡単に忍び込めるわけがない。どうにか入れたとして、相国の掌中の玉をどうして盗み出すことができようか。

考えた末に、俺は祇王と同じように白拍子に化けることにした。女であれば相国も油断するに違いない。

名前は子供の父親からとって、ほとけとした。人前で子供を真似て舞を踊り、それをあちこちで繰り返した。

そしていつしか俺の舞は評判となり、仏御前と呼ばれるようになった。

その評判を引っ提げて、六波羅に赴き入道相国に会いたいと訴えた。初めはけんもほろろに追い払われたが、高い塀の向こうに子供がいると思うと、どうしても諦《あきら》めることができなかった。

やがて俺を哀れんだ祇王がとりなしてくれて、俺は入道相国の前で舞を舞う機会を得た。

恰幅《かっぷく》のいい入道の隣に座る祇王は、幼い頃のお転婆ぶりからは信じられないような落ち着いた女性に成長していた。

それでもその顔には確かに、当時の面影がある。

叶《かな》うならばすぐにでも狐になって、その手で撫《な》でてほしかった。

そして俺は再会の喜びのまま、力の限り舞台で舞った。もし祇王が気に入れば、直接声をかけてもらえるかもしれない。そう思ってのことだ。


なのに運命は、いつも俺の望みとは別の方に転がるらしい。


舞を見た相国は俺を気に入り、あろうことか俺を住まわせるために屋敷から祇王を追い出した。

やめてくれと何度も頼んだのに、俺を慰めるためにと祇王に人前で唄《うた》を謡わせた。

それがどれほど、彼女の矜持《きょうじ》を傷つけたか分からない。

どうして、どうしてこんなことになるんだ。

やっと会えたのに。ただ傍で静かに暮らしたいだけなのに。

それから何度も逃げ出そうとしたが、相国は俺を離そうとはしなかった。

だが世の中が更に物騒になり、相国も俺にばかりかまけてはいられなくなった。その隙を突いてどうにか逃げ出し、俺は祇王の住む庵《いおり》へと向かった。

祇王は俺を赦し、共に暮らすことを許してくれた。だが自分がコンであると告げることは、ついぞできなかった。

それから俺は、仏御前として彼女とその家族を看取《みと》った。

またしても、俺は長く虚《むな》しい時間を生きることになった。

エピローグ

目が覚めると、病院のベッドに寝かされていた。

部屋の中に人間の姿はない。唯一、ラーゴが枕元で丸くなっている。

なにがどうなっているのか分からず、私はすぐにナースコールを押した。

結果として分かったのは、私はひき逃げ事故の被害者として病院に運び込まれたとのことだった。

全身に打撲があるものの、運よく骨は折れていなかったらしい。

もっとも、あんな非現実的な出来事の後にそんな現実的なことを言われても、うまく咀嚼《そしやく》できないのだが。

様子を見に来た主治医の診察を受けていると、外でばたばたと騒がしい音がして勢いよく病室のドアが開いた。

驚いてそちらを見ると、息を切らした蓮爾が立っていた。

看護師さんが大股《おおまた》で近づいて行って、蓮爾に詰め寄る。

「化野さん。心配なのは分かりますが、今は診察中です。部屋を出てください」

「しかし……」

「出てください！」

その気迫に負けて、蓮爾は大人しく部屋を出て行った。

『なんじゃあいつ。いい気味じゃ』

先ほど目が覚めたばかりのラーゴは、ベッドの上に寝そべりながら愉快そうにしていた。蓮爾が助けに来なければラーゴもどうなっていたか分からないのに、彼に感謝する気は今のところあまりないらしい。

診察が終わると、医師と入れ違いに蓮爾が病室に入ってきた。

彼は上体を起こしている真澄を頭の上からじろじろと見つめた。

「あの、そんなに見ないでください」

あまりの視線の強さに、真澄は思わずそう口にした。パジャマ姿を見られるのはどうも恥ずかしい。

「あ、ああ」

一方蓮爾は、気が抜けたようにベッドわきにあるパイプ椅子に腰を下ろした。

彼はあまり感情を表に出すタイプではないと思っていたが、本当はそうではないのかもしれない。

目覚めたばかりで蓮爾に尋ねたいことは山ほどあるが、とにかく今は一番気になっていることを尋ねることにした。

「由紀さんはどうなりましたか？」

この質問をするのには勇気が要った。真澄の記憶では、鬼女になり果てた由紀に蓮爾が筆を振り下ろしたところで、プツリと記憶が途切れているからだ。

蓮爾はしばらく沈黙していた。

重ねて問うべきかと真澄が葛藤《かっとう》していると、呟《つぶや》くように蓮爾が口を開いた。

「病院にいる」

「生きてるんですね」

思わず大きな声が出て、慌てて口を押さえる。病室が個室で助かった。

「じゃあ、由紀さんもここに？」

真澄の問いに、蓮爾は首を左右に振った。

「持っていたタブレットのデータから、夫殺害の容疑がかけられている。今は別の病院に入院しているが、退院を待って逮捕される見通しのようだ」

驚きと同時に、納得がいった。あの画像を偽物だと言い張るのは難しいだろうし、実際に彼女の家を調べればわかることだ。

なにより由紀自身、否認したりはしないだろう。もし隠したいと思っているのなら、そもそも記録に残す必要も真澄に見せる必要もないのだから。

「そうですか……」

彼女の事を思うと、なんとも言えない気持ちになる。それが恐怖なのかそれとも同情なのか、未《いま》だに答えを出すことができないでいる。

「そういえば、どうして蓮爾さんは私の居場所が分かったんですか？」

出かけるとは言ったが、行先は連絡していない。そもそも駅前に行くこと自体、由紀に呼び出されて直前に決めたことだ。

すると蓮爾は、少しだけ振り返って言った。

「出てこい」

カワウソであるラーゴを別にすれば、この部屋の中に蓮爾と真澄以外の人間はいない。一体誰に言っているのか不思議に思っていると、何もなかったはずの場所にまるであぶり出しのように、ぼんやりと人影が浮かび上がってきた。しばらく待っていると、影が鮮明な像を結ぶ。

真澄はその姿に見覚えがあった。

「広尾さん？　どうしてここに……」

『申し訳ございません！』

「え？」

現れたのは狐の広尾だった。

広尾は深く腰を折って真澄に謝罪すると、ここに現れた理由を語り始めた。

『お許しください。跡を尾《つ》けておりましたが妾《わらわ》の力では助けること叶《かな》わず、蓮爾様にお知らせいたしました』

やけに畏《かしこ》まった言い回しだ。初対面での印象が強いだけに、彼女の変節の理由も気になるところだ。

だが言われてみれば確かに、視線を感じるようになったのは蓮爾に連れられて広尾に会った後からだった。

「あなた、もしかして祇王を知ってるの？」

確か以前にも、広尾はその名を口にしたことがあった。

その時は言葉の意味が理解できなかったが、今の真澄には思い当たることがある。

平清盛から寵愛《ちょうあい》を受けた白拍子の祇王。

存在すら知らなかった彼女の人生を、真澄は鬼女に追われている一瞬で夢に見た。

死の間際に見ると言われる走馬灯で、まさか他人の人生を辿《たど》ることになるとは思いもよらなかったが。

思わず蓮爾に視線をやると、彼はまだ不機嫌そうな顔をしていた。

「知ってるんですか？　二人とも祇王のことを」

慎重に問いかけると、広尾は困惑したように蓮爾の顔色を窺《うかが》う。話していいのか迷っている様子だ

蓮爾が小さく頷《うなず》くと、広尾はたまりかねたように話し出した。

『私はまだ子狐の頃に、親とはぐれ死にかけたところを祇王様に救っていただきました。ゆえに祇王様亡き後は妾が、祇王様たちが暮らした場所を守っているのです』

真澄は夢に見た祇王の記憶を手繰ってみたが、さすがに子狐を助けたかどうかまでは思い出すことができなかった。

だが広尾の言う通り、実際の祇王寺と彼女のいた庭はよく似ていた。現在の祇王寺は一度荒廃したものを新たに作り直したという。それでは広尾がいた方が本来の、彼女たちが暮らしていた概念としての祇王寺なのかもしれない。

その時ふと、祇王が子供の頃ともに暮らした狐のことが思い出された。

「まさか、あなたコンなの？」

記憶はおぼろげだが、その名を口にしただけで胸の中に懐かしさが溢《あふ》れてくる。

すると広尾がなぜか目に見えて慌てだす。

『え!? いや、ちが』

そしてそれを遮るように、成り行きを見守っていた蓮爾が口を挟んだ。

「コンは俺だ！」

不機嫌そうにコン宣言をした蓮爾のことを見上げ、真澄は返す言葉もなく呆気《あっけ》に取られてしまった。

＊＊＊

その後一週間ほど入院し、脳波などにも異常は見られないとのことで真澄は無事退院することができた。

だが治療費という予期せぬ散財のせいで、蓮爾から貰《もら》っていたお給金は綺麗《きれい》に吹き飛んでしまった。しばらく通院も続くとのことで、本当にどうしようと頭を悩ませる今日この頃である。

「ありがとうございました」

世話になった看護師たちに礼を言い、真澄は病院を後にした。

去り際、特にお世話になった年かさの看護師には「彼氏さんと仲良くね」と声をかけられ、たじたじになってしまった。

入院している間蓮爾は一日とおかず見舞いに来ていたので、付き合っていると誤解されても仕方がないのだが。

今日も迎えに来てくれた蓮爾のバンに乗りこみ、真澄は帰路についた。

ラジオからは、妻が夫の不貞を疑い殺害したというニュースが淡々と伝えられている。妻は自殺を図り重傷だそうで、警察は無理心中とみて捜査を続けているらしい。

実際、真澄は入院中にも事情を聞きたいと、警察官の訪問を受けていた。驚いたことに、やってきたのは以前蓮爾の家を訪ねてきたのと同じ二人組だった。

真澄の部屋への放火も、由紀の犯行と見て捜査が進んでいるのだそうだ。

確かに本当のストーカーが正嗣だったのなら、火事が起きた時彼はすでに死んでいた。火などつけられるはずがない。実際既にストーカー疑惑のあった関根には事情を聞いて、アリバイも確認できているのだそうだ。

他に火をつける動機があるのは、おおよそ由紀以外思い浮かばない。

「まあ、あんたも不運だったね」

かすかに同情を滲《にじ》ませる刑事の言葉に、真澄はどう返事をしていいか分からなかった。

その時のことを思い出してぼんやりしていると、いつの間にか工房についていたらしく車が停まった。

「下りないで待っててくれ」

そう言って蓮爾は車を降りると、トランクを開いて真澄の荷物を下ろし始めた。

「え、自分で降ろしますよ」

「いいから」

慌ててシートベルトを外そうとするが、怖い顔をした蓮爾に押し止《とど》められてしまう。訳が分からずにいると、蓮爾は荷物に交じっていたラーゴの財布と一緒に真澄の膝《ひざ》にいたラーゴを摘《つ》まみ上げ、車から降ろしてしまった。

暢気《のんき》に昼寝していたラーゴは、寝起きで訳が分からないらしくぼんやりしている。

『んん〜、なんじゃ？』

荷物とラーゴを上《あ》がり框《がまち》に置いた蓮爾は、玄関の鍵《かぎ》を閉めて再び運転席に戻った。そしてすぐさま、車を発進させる。まるでラーゴから逃げているかのようだ。

「え、え？」

困惑する真澄を置き去りに、バンは住宅地を走り続け、やがて山へ続く細い道に到達した。

いつの間にかすっかり秋めいて、山々は紅葉で染まっている。

車窓を過ぎていく落葉樹の色が、黄色に橙《だいだい》に赤にとため息の出る美しさだ。刈り取りを終えた田んぼを抜け、視界が開けて大きな水面が広がった。大沢池《おおさわのいけ》だ。

大覚寺の敷地であるこの場所には、かつて嵯峨御所とも呼ばれる離宮、嵯峨院があった。現存する日本最古の庭池で、浮島が今に残る。

池の外周にひと気はなく、ただただ静かで、風が水面《みなも》を滑る音だけが耳の奥に染み入るようだ。

空き地のようになっている駐車場にバンを停めると、蓮爾はエンジンを止めた。どうやらここが目的地のようだった。

シートベルトを外して、車を降りる。

夕刻の冷え冷えとした空気を吸い込むと、頭の奥がしんとする。この感覚が好きだと思う。

「静かですね」

思わずそう声をかけると、車の足元を見ていた蓮爾が振り返った。

「悪いな、付き合わせて」

「いえ」

例の蓮爾のコン発言事件以来、私たちの会話はどうもうまくかみ合わない。

それでもラーゴがいれば茶々を入れてくれてどうにかなるのだが、寝ぼけたラーゴはついさっき蓮爾が財布ごと置いてきてしまった。

蓮爾の真意を測りかねていると、蓮爾はずんずんと先に行ってしまう。真澄は慌ててその背中を追った。

といっても、病み上がりの真澄を案じてかその歩みはとてもゆっくりだった。入院している間はずっと室内にいたので、こうして開けた場所にいるとえもいわれぬ開放感がある。

しばらくして立ち止まった蓮爾は、枯れた蓮の茎を見ながら振り返りもせずに言った。

「東京に戻るのか？」

まさかそんな質問をされるとは思わず、返事に詰まった。

真澄が京都に残ったのは、うっかりラーゴの封印を解いてしまったせいだ。このままではラーゴが東京までついて行ってしまうと言われ、なし崩しで京都に残ることになった。

その後東京の家まで火事で焼けてしまい、本格的に行き場をなくした感がある。むしろ出て行けと言われた方が、困ってしまうありさまだ。

だがもし蓮爾が帰れと言うのなら、真澄は帰るだろう。家主に迷惑をかけ続けるのもまた、真澄の本意ではないからだ。

「できれば、もう少し京都にいたいです」

祇王のことも、まだ何も知らない。彼女の人生をもっと知りたいという気持ちもある。

「あの、もしお邪魔でしたら別に部屋を借りますから、ご心配なく」

そう言うと、蓮爾は弾《はじ》かれたようにこっちを見た。

「なぜ」

「ええと……」

なぜと聞かれると、返答に困る。

「言っただろう。俺はコンだと」

あの日以来触れなかった話題を、蓮爾がようやく口にした。

正直なところ、怪我をした時から日が経っているので、祇王の記憶は曖昧《あいまい》だ。故郷で狐にコンと名付け可愛がっていた記憶はあるのだが、どんな狐だったかといわれるといまいちはっきりとしない。

ただ、祇王にとってコンは幸せな時代の象徴だったと思う。都での生活が辛《つら》かった分だけ、その想いはより強いだろう。

水面を見ながらそんなことを考えていると、力のこもった口調で蓮爾は言った。

「広尾だけじゃない。俺は、俺だって、お前に命を救われた恩があるんだ」

これには驚いた。まさか蓮爾がそんな思いでいるとは、思いもしなかったから。

「たとえ記憶があっても、私と祇王は別人です。だから、恩を返すなんて考えなくていいですよ」

だから自由に生きるべきだ。

そう思ったのだが。どうやら蓮爾はお気に召さなかったようだ。

「……過去を否定するのか？」

「そうじゃなくて！」

話の伝わらなさに、真澄はもどかしい思いがした。

「義務感で接してほしくないんです。私は雇われの身ですし、助けてもらってばかりでこんなこと言うのはおこがましいですけど……私たちは対等ですよね？」

語彙《ごい》力がない中で、なんとか自分の気持ちを言葉にしようとする。

言葉はとても便利なのに、便利すぎて時に不便だ。伝えたいことは本当はもっと、シンプルなはずなのに。

「当たり前だろう」

言葉を探していたら、憮然《ぶぜん》としたような蓮爾の言葉が返ってきた。

「なら、恩を返すとかじゃなくて、ただの三輪真澄として扱ってくれますか？　祇王としてじゃなくて」

蓮爾は黙り込んだ。

彼にとっては看過し辛いことなのかもしれない。

それでも必死の訴えが通じたのか、蓮爾は不満そうに頷《うなず》いた。

「……努力する」

「ありがとうございます。それで十分です」

そのまましばらく池を眺めて、二人は帰路についた。

この時の真澄はまだ、千年を経た狐の執着がどれほどのものか、ちゃんと分かってはいなかったのだ。

掌編

桂男

月には男がいるという。

ほんまかいな。


俺、霧夜が京都にやってきたのは、勤めていたホストクラブで痛客がついたからだ。

今思えば、ホスクラなんて呼ぶのはおこがましいほど小さい箱だった。客も田舎のおばちゃん連中で、旦那《だんな》や子育ての愚痴を聞くのが日常だった。でも数少ない客を潰《つぶ》してしまわないよう、店も無理な取り立てはしなかったし、枕もなく気楽にやっていた。当時の俺には居心地のいい場所だった。

それがどうして祇園《ぎおん》くんだりまで流れてきたのかという話だ。

始まりは上得意のおばちゃんが、引きこもりだという娘を連れてきたことだった。

以前から引きこもりの娘についての愚痴を聞いていた俺は、これが例のと思わず納得してしまった。

彼女の見た目は確かに陰気で、ホスクラだというのに服装は上下スウェットという有様だった。

俺は母親であるおばちゃんの手前邪険にすることもできず、精一杯接客した。俯《うつむ》いてぽつぽつ話す娘の言葉に耳を傾け、また来てほしいと笑顔で接客した。

だが手ごたえは全くなく、母子はその日あっさりと帰っていった。

まあ機嫌を損ねなかっただけよかったと思っていたのだが、その次の日も娘はやってきた。

自分から外に出たいと言ったのは二年ぶりなのと言って、母親は涙ぐんでいた。ならばと張り切って、俺はその日も卓を盛り上げた。

娘は言葉少なだったが、俺を気に入ったのかそれから三日に一度はやってくるようになった。

少しずつ口数も増え、店に来るたびに服装も変わっていった。

服装はレースのついたゴスロリで、化粧もまだまだ下手だったが、母親の喜びようは凄《すご》かった。なんでも娘は、ホストクラブに来るためにバイトをはじめ、俺以外の外の人間とも会話できるようになってきたというのだ。

母親は本当にありがとうと両手で握手をし、お礼だと言って一番高い酒を入れてくれた。

そこで終われば、話はめでたしめでたしだったんだろう。

だがそうはならなかった。

アルバイトでは満足にホスクラ通いができないと悟ると、娘はお金欲しさにいつしかデリヘルで働くようになった。

俺は薄々、そのことに気がついていた。気づかないわけがない。週に十万も稼げるアルバイトがそうそうあるはずがないのだから。

ここで問題なのは、彼女の母親も俺の客だったことだ。

結果として母親には怒鳴りこまれるし、娘はストーカーになるしで散々な目に遭い、俺は地元にいられなくなった。

そうして逃げるように、今度は大阪はミナミのホストクラブで勤め始めた。

俺は源氏名を変えて髪の色を変え、顔も少し変えた。幸いホストとしての滑り出しも好調だった。競争は以前より激しかったが、最初からそこそこ客がついた。

だがよしこれからという時に、ストーカーになった娘が俺の居場所を突き止めた。三津寺《みつてら》筋であの女を見た時、背筋が凍った。彼女はガリガリに痩《や》せこけ、手首に包帯を巻いていた。

俺は彼女の母親に連絡を入れた。彼女を連れ戻してもらうためだ。

ところが憔悴《しょうすい》しきった様子の母親は、俺のことをひどくなじった後にこう言った。

『娘ならもう死んでいる』と。

恐ろしくなり、俺はミナミから京都の祇園に逃げた。

この段に至ってもホストという職業をやめる気になれなかったのは、結局この仕事が性に合っていたということだろう。

だが祇園に移って以降も、店や寮にあの娘の影が現れて俺を苦しめた。彼女はいつも、黙ってこちらを見ているのだった。

それに慣れるということはなく、俺は日に日に追い詰められていった。もうこの稼業をやめるべきかとすら思った。

そんな時だ。客からあの男の話を聞いたのは。

それは奇妙な話だった。客の従兄弟《いとこ》である高校生が、学校でこっくりさんをして以来奇妙な行動を繰り返すようになったという。そこで従兄弟の両親である叔父《おじ》夫婦が頼ったのは、妖怪《ようかい》を祓《はら》う奇妙な友禅作家だった。

結果としてその従兄弟の奇行はなくなり、無事に普通の生活に戻ることができたらしい。

俺はこれだと思い、その男の居場所を聞いた。

＊＊＊

男は陰気な顔をしていた。

見ようによっては男前だが、この男を取り巻く陰鬱《いんうつ》な空気は如何《いかん》ともしがたい。

「あんた、好きな女でも死んだ？」

俺の言葉に、奇妙な友禅作家こと化野蓮爾は目を見開いた。

「突然なんだ」

男はぶっきらぼうに言い放った。どうやら図星だったらしい。

「悪い悪い。まさか当たるとは思ってなくて」

このようなことは初めてではなかった。最近やけに勘が冴《さ》えている。接客で占いをすると、それが当たるといって最近では客が増えつつあった。

理由は分からない。しいて言うなら、あの女に付きまとわれるようになってからかもしれない。

一通りの話を聞いた後、化野はうんざりしたような顔をした。

「いつになっても、人間は」

おかしなことを言うやつだ。自分だって人間のくせに。

だが彼女が死んだというのなら、潔癖な性格になるのは理解できる。きっとこいつはさぞかし、その彼女を愛していたんだろう。

結果として、化野は見事に俺の悩みを解決して見せた。

といっても彼が何をどうしたのかを、直接目にしたわけではない。ただ彼がもう大丈夫だと言い、本当にその通りになった。

彼の言葉を借りるなら、作品に封じ込めたということらしい。

「じゃあ、その作品今見れるん？」

俺の質問に、化野は顔をしかめた。

「すぐには無理だ。出来上がるのは一か月以上先だな」

「へぇ」

気づくと下唇を舐《な》めていた。いいことを思いついた時の俺の癖だ。

「なあ。その作品ってどうすんの？」

「どうとは？」

「なんか特殊な力とかあらへんの？」

「はぁ？」

化野は呆《あき》れた様子を隠そうともしない。

「だって妖怪とじこめてんねやろ？　絶対普通じゃないやん」

こちらの興奮とは逆に、化野の空気はどんどん冷たく冷え込んでいく気がした。

「分からんな」

「分からんって……自分の商品やろ？」

「商売目的じゃないんだ。こっちは」

「売ってはいる。何があっても関知しないという約束で、物好きが買っていくな」

「じゃあ、非売品なん？」

「じゃあなおの事、性能は把握しとかなあかんやろ」

そっけなく答えていた化野が、癇《かん》に障ったのか厳しい顔で俺を見据えた。

「あのなあ、そもそも人によって効果が出たり出なかったりするものを、どう証明する？　お前に憑《つ》いてたやつだって、お前以外には無害なもんだ」

どうもしつこくし過ぎたらしい。化野の怒りのせいか部屋の中の空気がびりびりと震えた気がした。

だが、それで折れる気はしない。

「なあ、それって俺が買ってもええん？」

「はぁ？」

今日一番の「はぁ？」が出た。

＊＊＊

「だから俺は、今も蓮爾君に頭が上がらへんねん」

最近蓮爾の工房に暮らし始めた真澄ちゃんが、ちゃぶ台の上に料理を並べながら驚いたように相槌《あいづち》を打った。

「そうなんですか」

彼女はいい娘だ。まだ会った回数こそ少ないが、俺の勘がそう言っている。

そしてそれはきっと間違っていない。なにせあの偏屈な男が、黙って自分のテリトリーに住まわせているくらいなのだから。

「突然来るなといっただろう」

うんざりしたような声でそう言いつつ、奥から工房の主《あるじ》が顔を出した。

「だって蓮爾くん返事くれへんねやもん」

客には大ウケの甘えた口調で言うと、蓮爾はさらに不機嫌そうな顔になった。

「そーゆーのは客にやれ」

「ええやん別に。なー？　真澄ちゃん」

真澄ちゃんに水を向けると、不思議そうにしつつ同意してくれた。この子はどうやら流されやすい性格のようだ。

この子が来てから、この家に来るのが更に楽しみになった。真澄ちゃんと仲良くすると、目に見えて蓮爾の機嫌が悪くなるのが面白い。彼は今まで、はっきりと感情の機微を見せるような男ではなかったからだ。

「真澄ちゃん。末永くよろしくな」

できることならこの先ずっと、蓮爾を傍で支えてやってほしい。

そう思っての言葉だったが、蓮爾には伝わらなかったようだ。彼は俺の持ってきたクラッチバッグを摑《つか》み上げると、予告もなく庭に投げ捨てた。

「蓮爾さん⁉」

真澄ちゃんが驚きの声を上げる。

一方俺はといえば、腹を抱えて笑っていた。

客にもらったブランド物のクラッチバッグの安否より、蓮爾君の感情の揺れ幅を見ている方が俺には愉快だ。

京都に来てよかった。今は心の底からそう思う。

＊本書の執筆に際し、取材にご協力頂きました方々に、厚く御礼申し上げます。

池内真広様（池内友禅）
西村寛道様（株式会社広海　代表取締役　伝統工芸士）

本書は書き下ろしです。
この作品はフィクションです。実在の人物、団体とは一切関係ありません。

京《きょう》都《と》友《ゆう》禅《ぜん》あだしの染《そ》め処《どころ》

京《きょう》野《や》菜《さい》ごはんと白《はく》銀《ぎん》の記《き》憶《おく》

柏《かしわ》 てん

令和7年 2月25日 初版発行

発行者●山下直久

発行●株式会社KADOKAWA
〒102-8177 東京都千代田区富士見2-13-3
電話 0570-002-301(ナビダイヤル)

角川文庫 24536

印刷所●株式会社暁印刷
製本所●本間製本株式会社

表紙画●和田三造

ISBN 978-4-04-115822-7 C0193

◇◇◇